김순남 씨, 이제 울릉도로 가요

김순남 씨, 이제 울릉도로 가요

초판 1쇄 발행 2024년 5월 17일

지은이 박경자
펴낸이 강수걸
편집 강나래 오해은 이선화 이소영 이혜정 김성진 송연진
디자인 권문경 조은비
펴낸곳 산지니
등록 2005년 2월 7일 제333-3370000251002005000001호
주소 부산시 해운대구 수영강변대로 140 BCC 626호
전화 051-504-7070 | 팩스 051-507-7543
홈페이지 www.sanzinibook.com
전자우편 sanzini@sanzinibook.com
블로그 sanzinibook.tistory.com

ISBN 979-11-6861-302-7 03810

* 책값은 뒤표지에 있습니다.
* 잘못된 책은 구입하신 곳에서 교환해드립니다.

김순남 씨, 이제 울릉도로 가요

박경자 에세이

산지니

일러두기

* 사투리는 소괄호 ( ) 안에 유사한 표준어를 밝혔다.

머리말

울릉도 전설이 된 내 어머니

구십 평생 쌓은 것을 비워 내며 작아지고 가벼워졌다. 엄마는 떠날 채비를 하고 있었다. 요양병원에 누워 피붙이 인연도 놓아 버린 그녀가 '울릉도 사람 김순남'만은 붙들고 있었다. 비로소 그녀를 엄마의 자리에서 한 시대를 살아낸 사람 김순남 씨로 받아들인다.

코로나19 팬데믹 속에서 드문드문 순남 씨를 만났다. 면회가 안 되는 날이 길어질 때면 엄마의 자취를 찾아 울릉도로 갔다. 한 세기를 견딘 주인 없는 흙집은 희로애락을 품은 채 웅크리고 있다. 그동안 손님처럼 다녀갔던 집에 오래 머물렀다. 김순남 씨가 간절히 돌아오고파 하던 방에서 그녀 체취가 배어 있는 이불을 덮고 손때 묻은 정지에서 밥을 한다. 섬이 내준 먹거리로 밥상을 차리며 그리운 엄마 맛에 목구멍이 아프다.

김순남 씨가 산나물 하러 다닌 벼랑길, 긴잎돌김 뜯던 시퍼런 바다에서 죽을힘을 다해 일상을 살아 낸 그녀의 삶과 만난다. 고단하고 가파른 인생을 살다 섬의 전설이 된 내 어머니의 어머니, 아버지의 아버지 그리고 수많은 어머니, 아버지도 만난다. 그들은 여전히 한 줄기 바람으로 바닷길을 열고, 한 줌 흙이 되어 생명을 키우고 있다. 객지를 떠돌다 돌아온 자식을 환대한다. 이순을 목전에 두고서야 내 정신의 뿌리며 삶을 지탱해 온 힘은 울릉도였음을 깨닫는다. 송곳처럼 뾰족한 산, 비탈밭 나물, 함석지붕을 때리는 바람은 여전한데 아는 이 사라진 마을엔 추억만 흘러넘친다.

어린 시절 섬은 가난도 평등했다. 그래서 부모, 친척, 이웃, 동네, 섬 전체가 풍요로웠다. 변방에서 세상의 중심을 살았다. 그런 내게 엄마의 삶은 관음도 절벽에 둥지를 튼 괭이갈매기처럼 위태로워 보였다. 많이 배워 펜대 굴리며 살라던 그녀의 소망은 섬을 떠난 내 꿈이기도 했다. 성장기의 섬은 엄마라는 가엾은 여자처럼 살지 않는 세상을 꿈꾸게 했다.

도시에 뿌리내리기 위해 애면글면 살았다. 밥벌이하는 여자로, 자식의 어미로 살아 내는 일상이 버거웠다. 배운답시고 남의 말 흉내 내느라 바빴고, 손에 흙 묻히지 않고 사느라 섬과 멀어졌다. 삼십여 년 고향을 잃고 유목민처럼 정처 없이 도시를 떠돌았다. 대도시 한복판에서 자주 울릉도의 벼랑을 만나고 파도 소리를 들었다.

섬에 깃든 무수한 생명들, 섬사람들을 먹여 살린 먹거리, 이야기를 품은 장소와 풍경 속에서 김순남 씨의 일상을, 그 속에 깃든 기억의 상자를 연다. 그녀의 삶을 형용할 말을 찾지 못해 내 손은 한없이 느리고 자주 막막했다. 그사이 엄마는 모든 것을 비워 낸 후 깃털처럼 가벼워져 저세상으로 떠났다. 김순남 씨, 마침내 서울 도심에서 한반도 동쪽 끝 울릉도에 돌아와 섬이 되었다. 눈밭에서 싹을 틔워 푸르른 이파리를 내주고 흰 꽃잎을 떨어트리며 흙으로 돌아가는 명이처럼 자연의 이치를 일깨워 준 선물 같은 시간이었다.

두서없는 이 글은 울릉도와 김순남 씨의 탯줄로 생명을 잇는 딸의 울음이고 사랑이다. 내 엄마 김순남 씨 영전에 바치는 문장이다. 이 문장들을 징검다리 삼아 한 걸음씩 나아간다. 그녀는 내 기억 속에, 나는 그녀의 기억 속에 영원히 존재한다. 기억의 힘을 믿는다.

2024년 봄, 막내딸 박경자

차례

4장 음식 한 줌 햇살 같은 울릉도 맛의 기억

1장

이별

김순남 씨, 이제 울릉도로 가요

병상일기 1

가족이란 무엇일까 2023.6.8.(목)

요양병원 생활 2년에 접어든 엄마에게 가장 가까운 사람은 간병인이다. 서울 도심 요양병원에서 엄마를 포함한 여섯 명의 환자를 24시간 돌보는 간병인은 조선족이다. 나지막한 키에 자글자글한 주름 사이로 눈부터 먼저 웃던, 육십이 훨씬 넘어 보이는 그녀를 우리 식구는 선생님 또는 이모님이라고 불렀다. 엄마도 선생님, 이모님 하면서 다정하게 대했다. 우리가 들고 간 음식을 혼자 먹는 법 없이 간병인에게도 권했다. 식사, 용변, 목욕 등 온갖 수발을 드는 그녀에게 엄마는 늘 '고맙니더'라는 인사를 했다. 그녀는 엄마가 자상하고 따뜻한 사람이라고 식구들이 갈 때마다 전한다. 어느 날은 엄마 손을 잡고 고향에 두고 온 친정어머니가 생각난다며 눈물을 글썽이던 그녀는 정

많은 사람이었다. 언젠가는 엄마 손톱을 깎다가 살을 집었는지 손톱 사이로 피가 번져 있었다. 나는 말없이 간호사실에서 밴드를 얻어 와 엄마 손톱에 붙였다. 돌봄 노동이 버거운 늙은 여인이 객지에서 환자처럼 병원에 갇혀 지내는 현실이 짠해 마음에 파문이 일곤 했다.

병실 문 입구에 간병인 침대가 있고 그 옆이 엄마 침대다. 물리적 거리로도 가깝고 마음으로도 친밀하다. 치매환자인 엄마에게 간병인은 피붙이 그 이상의 존재고 관계의 전부다. 길어지는 코로나19 팬데믹 속에서 엄마에게 자식은 잊힌 존재고 낯선 사람이다.

여전히 코로나는 일상 속에 도사리고 있지만 지난 5월 WHO에서 코로나 종식을 선언했다. 그동안 엄마를 돌봤던 간병인이 고향으로 돌아가고 한국 사람으로 교체되었다. 두 번이나 코로나에 걸리고도 거뜬하던 엄마가 시름시름 앓기 시작했다. 그녀의 부재는 엄마의 삶을 흔들었다. 식사량이 급격히 줄고 급기야 먹기만 하면 설사를 한다. 설사약을 삼킬 수 없을 정도로 심각해진 엄마는 수액으로 버틴다. 엄마를 종합병원으로 옮길지에 대한 의논으로 작은오빠와 휴대폰이 뜨겁도록 통화를 한다.

코똥댁이 웃는다 2023.6.9.(금)

첫 비행기를 타고 김포공항에서 작은오빠를 만나 요양병원으로 갔다. 간호사가 밤새 엄마 상태가 호전되었다고 전한다. 엄마 손을 잡자 '누군교' 하면서 고개를 든다. 청력이 손실되지 않은 엄마는 간호사가 일어나지 말라고 하지만 목소리를 쫓아 움직인다. 링거줄을 잡아당기지 못하게 손은 묶여 있고 며칠 굶은 탓에 기운마저 없어 보이지만 의식은 또렷하다. "엄마, 배 많이 아프제?" "안 아프다." "이 주사 맞고 약 먹으면 배 아픈 것 금방 낫는다. 그때 맛있는 것 먹자." "오냐." 밤잠을 설치며 노심초사했던 마음이 한결 가벼워진다.

간호사가 영양수액 옆에 흰죽 같은 영양제를 걸고 있다. 작은오빠가 엄마에게 말을 건다. "코똥댁 내가 누구예요?" "모르겠니더, 내가 나이가 들어서." 엄마는 말을 건네는 아저씨가 누군지 자세히 보려고 또 고개를 든다. "작은오빠잖아. 일어나면 안 된다. 가만히 있어야 빨리 낫지.” 엄마 목덜미에 팔을 받치고 침대에 누인다.

이불을 걷고 엄마 다리를 쓰다듬는다. 일회용 비닐장갑 끝에 나뭇가지처럼 바짝 마른 뼈가 와 닿는다. 얼마를 더 버틸 수 있을까. 작은오빠가 엄마에게 인사를 한다. “코똥댁 잘 있으소”. 엄마가 웃는다. 술을 드시면 코를 벌렁거리며 킁킁 소리를 내는 아버지 별명이 ‘코똥’이었는데 그걸 기억해 낸 걸 보면 몸이 회복되고 있다. 엄마의 앙상한 가슴에 얼굴을 묻는다. “내 보러 와 줘서 고맙니더.” 엄마가 인사를 한다. “순남 씨, 잘 있어요. 며칠 있다 또 올게.” 간호사가 치료 방향에 대해 설명한다. 종합병원에 대변 검사를 의뢰해 놓았으니 결과 나오는 대로 어떻게 할지 결정하자고.

작은오빠는 엄마를 근처 이대병원(이화여자대학교 병원)으로 옮겨서 치료를 받게 하면 어떻겠느냐고 내 생각을 물었다. 92세 고령에다 2년 동안 누워만 지낸 엄마가 각종 검사를 견뎌 낼 힘이 과연 있을까. 나는 엄마가 요양병원에서 치료를 받았으면 좋겠다고 말한다.

연명(延命) 2023.6.15.(목)

전화로 간호사에게 엄마 몸 상태를 묻는다. “김순남 씨를 협진병원, 근처 이대병원으로 이송하려고 했으나 정밀 검사 받기에는 너무 연로하셔서 거절당했다. 설사약을 삼킬 수 없는 상황이라 주 보호자인 작은오빠와 콧줄로 약물을 투입하는 것에 대해 의논할 생각이다.” 감정이 배제된 간호사의 설명은 기계음 같다.

콧줄을 검색한다. 정식 명칭은 비위관삽입으로 코와 위를 튜브로 연결해 약물이나 음식을 공급하는 장치란다. 작은오빠는 병원 측 의사를 수용할 것이다. 이제 엄마는 자신의 의지로 할 수 있는 게 아무것도 없다. 다른 방법이 있는지, 요양병원 간호사로 일하고 있는 조카에게 전화를 건다. 지금으로서는 콧줄로 약물을 투입해 설사를 잡는 게 최선이라고 한다. 자기가 일하는 병원에도 콧줄 달고 십 년 넘은 어르신이 있다고 한다. 비위관삽입 부작용을 검색한다.

죽음을 숙고하다 2023.6.16.(금)

휴대폰 스피커를 켜고 간호사와 통화한다. "엄마는 어제 콧줄을 달고 지사제를 투입해서 설사가 멎었고 현재는 유동식을 주입해서 기운을 차리고 있다. 몸 상태가 좋아지면 콧줄을 뗄 수도 있다." 위험한 고비를 넘긴 것에 안도하면서 전화를 끊는다. '좋아지면'이라는 말이 공허하게 윙윙거린다. 치매로 자기 결정권을 상실한 엄마에게 자식 된 도리로 행하는 이 모든 것들이 최선인지 자문한다.

아버지가 돌아가시고 안부 전화 때마다 엄마는 "잘 있다. 이리 살다가 집에서 자는 잠에 가고 싶다. 니 아버지 옆에 묻어 주라. 자는 잠에 가게 해 달라고 매일 하나님께 기도한다. 니도 기도해 주라." 하셨다. 나는 전화기에 대고 성질을 부렸다. 그런 말 하지 말라고. 어느 자식이 부모 죽음을 위해서 기도하느냐고. 엄마는 아버지처럼 당신도 기거하던 집에서 생을 마무리하고 싶어 했다. 아버지는 평소 주무시던 방에서 엄마와 친척, 지인들이 지켜보는 가운데 편안한 모습으로 하늘나라로 가셨다. 엄동설한 풍랑주의보로 육지에 살고 있던 다섯 명의 자식은 아버지 임종은 물론이고 장례식에도 참석하지 못했다. 내게는 아버지의 죽음이 트라우마고 엄마에게는 유종의 미다.

치매는 유전 질병 중 하나다. 나도 치매에 걸릴 확률이 높다. 엄마처럼 치매에 걸리면 내 의지와는 상관없이 병원과 가족의 결정으로 생을 마무리하고 싶지는 않다. 더군다나 온몸에 기계와 호스를 주렁주렁 달고 죽고 싶지 않다. 죽음을 공부하고 숙고할 일이다. 죽음을 다룬 몇 권의 책을 주문하고 남편과 함께 사전연명의료의향서 작성으로 첫발을 내딛는다.

병상일기 2

산소 호흡기 달다 2023.8.13.(일)

엄마는 콧줄을 달고 지내는 두 달 동안 몸이 더 쇠락해 뼈만 남았다. 간병인은 욕창 매트를 깔고 수시로 엄마 자세를 바꾼다고 했으나 발뒤꿈치부터 욕창이 번지고 있다. 태풍 카눈이 완전히 물러가지 않은 양양 산골은 비가 오락가락하고 펜션은 마지막 피서를 즐기는 손님으로 북적인다. 오후 5시, 엄마가 위독해 산소 호흡기를 달았다고 작은오빠가 전화를 했다. 마음의 준비를 하라는 말도 덧붙인다. 머릿속이 텅 빈 채 펜션 일을 대충 정리하고 남편이 운전하는 차를 타고 작은언니랑 서울로 향했다. 휴가철 차량으로 도로는 주차장이고 엄마의 마지막 길을 배웅하지 못할까 봐 속이 시커멓게 타들어 간다.

밤 10시 30분, 요양병원에 도착했다. 당직 간호사

는 오늘 밤을 넘기시기 힘들 것 같다며 우리를 병실로 안내했다. 엄마는 산소 호흡기를 착용하고 눈을 감은 채 가쁜 숨을 몰아쉬고 있다. 산소포화도를 나타내는 기계에는 숫자가 찍혔다가 사라지기를 반복한다. 나직이 엄마 귀에 대고 속삭인다. 막내딸 자야가 왔어요. 한참 만에 엄마가 실눈을 떴다. 안도의 숨을 쉬며 휴대폰 불을 밝히고 엄마 이마에 입 맞추고 복받치는 울음을 참으며 "사랑해요. 그동안 감사했어요."라고 말했다. 남편도 "장모님 편히 가세요."라며 울먹인다. 언니도 고통 없는 하늘나라로 평안히 가시라고 기도한다. 엄마가 스르르 눈을 감는다. 이 시간이 엄마와 마지막일 수도 있다. 내일 아침에도 엄마와 인사를 나눌 수 있기를 바라며 병실을 나선다.

아침 인사를 나누다 2023.8.14.(월)

밤새 병원에서는 연락이 없었다. 오전 9시 30분, 엄마가 눈을 뜨고 우리를 맞는다. 어제보다 한결 컨디션이 좋아 보인다. "엄마, 순남 씨"라고 부르니 "예"라고 대답까지 한다. 있는 힘을 끌어모아 고개를 드는 엄마 목덜미에 팔을 받치고 작은언니가 잘 보이도록 한다. 구십 평생을 담아 두었던 삶의 무게를 비워 낸 엄마의 머리가 너무 가벼워 가슴이 저린다. 한참 동안 언니를 바라보더니 "옷이 곱다."라고 한다. 힘겹게 한 마디를 뱉고 가쁜 숨을 몰아쉬는 엄마를 침대에 누이니 스르르 눈을 감는다. 잠 속으로 빠져드는지, 의식을 잃은 것인지 알 수 없다. 엄마 얼굴에는 산소마스크가, 오른팔에는 수액과 맥박을 뛰게 하는 약이 들어가는 링거 주사가, 왼손가락에는 산소포화도를 측정하는 센서가 달려 있다. 엄마는 자신의 몸보다 길고 무거운 것들을 달고 기계소음 속에서 생과 사의 경계 어디쯤에 있다.

엄마는 일반병원으로 치면 중환자실쯤 되는 병실에 있다. 어르신들은 콧줄 아니면 산소호흡기를 착용하고 누워 계신다. 병실 다른 분들을 위해서 병원 측에서는 면회 시간을 짧게 주고 나는 그것이 자꾸만 야속하다. 간호사가 면회 종료시간을 알리고 우리는 또 엄마와 마지막일지 모르는 인사를 나눈다. 엄마 고생했다, 고맙다, 사랑한다, 또 오겠다는 말을 남기고 병실을 나섰다.

혈압, 맥박, 산소포화도 등 엄마 몸 상태가 실시간으로 기록되는 모니터 화면을 찍어 간호사인 조카에게 보낸다. 외할머니 금방 돌아가시지는 않을 것 같다는 메시지가 온다. 지난 7월 하순부터 양양에서 작은오빠 펜션 일을 도왔다. 양양으로 가서 짐을 챙겨 부산 집으로 온다.

엄마 곁에 머물다 2023.8.17.(목)

아침 첫 비행기로 요양병원에 왔다. 2년 동안 병원에 다니면서 얼굴이 낯설지 않은 직원이 코로나19가 확산되는 추세라며 양해를 구한다. 오늘은 한 번, 네 명까지만 면회를 허용할 테니 시간을 정하라고 한다. 포항 큰언니 식구들이 올라오고 있으니 대충 시간을 정하고 나는 내일 두 딸과 함께 오기로 예약을 해 두고 병원을 나선다. 너무 이른 시간이라 카페도 문을 열지 않아 편의점에서 엄마 상처 난 부위에 바를 미니 바셀린 한 통, 믹스 커피 한 잔을 사서 언니를 기다린다.

얼마 전 출근길에 교통사고가 난 작은오빠는 며칠만 입원하고 통원치료를 받으며 장례 준비를 하고 있다. 오 남매는 의논 끝에 엄마를 울릉도 집 뒷산에 아버지와 함께 모시기로 했다. 28년 전에 먼저 가셔서 제당 밭에 있는 아버지 산소를 이장하는 일은 울릉도에 있는 큰오빠가 알아서 하기로 했다. 그동안 엄마 병원비를 비롯한 장례 비용 일체는 부모님이 농사짓던 땅 일부를 판 돈으로 지불하고도 남는다. 자식에게조차 폐가 될까 봐 한시도 땅 일구기를 멈추지 않았던 부모님 터전에 덜렁 발을 얹는 자식은 염치가 없어 몸 둘 바를 모른다. 또 눈물바람이다.

서울역에서 인천공항까지 갔다가 우여곡절 끝에 엄마 면회를 마친 포항 언니 식구들이랑 점심을 먹는다. 간호사인 조카가 외할머니는 일주일 정도 견딜 것 같다고 한다. 집으로 가자는 작은오빠의 권유를 뒤로하고 병원에서 조금 떨어진 레지던스 호텔에 짐을 푼다.

두 딸과 함께 작별인사를 하다 2023.8.18.(금)

두 딸과 함께 엄마침대 곁에 앉는다. 엄마는 거의 의식이 없다. 두 딸이 외할머니에게 인사를 한다. 마지막까지 남아 있는 감각이 청각이라고 한다. 나는 엄마와 또 마지막 인사를 나눈다.

엄마, 순남 씨! 막내딸 자야가 왔어요. 외손녀 한결이, 한림이도 같이 왔어요. 애들 데리고 온다는 게 차일피일 미루다 이제서야 왔어요. 미안해요. 좀 더 일찍 왔더라면 엄마가 내 딸들의 이름을 불러 주었을 텐데 후회가 됩니다. 그래도 오늘까지 견뎌 줘서 고맙습니다.
엄마, 평생 산일 밭일 물일 하느라 고생 많았어요. 구십 평생 일만 하느라 휘어진 엄마의 허리를 보는 내내 마음 아팠어요. 이제 엄마가 가고 싶어 했던 천국은 낭떠러지 벼랑도 비탈밭도 아닌 평지라 허리 쭉 펴고 살 수 있을 거예요. 아픈 다리 고통도 씻은 듯이 사라지고 국민학교 1학년 운동회 때 내 손 붙잡고 달릴 때처럼 신나게 달릴 수도 있을 거예요.
엄마, 서울까지 와서 병실에 있느라 많이 갑갑했죠. 이제 자유롭게 훨훨 날아가세요. 저도 언젠가 엄마 곁으로 갈게요. 엄마가 그곳에 계신다고 생각하면 고향집 가는 것처럼 발걸음이 가벼울 것 같아요. 얼굴 잊지 않게 가끔씩 꿈속에서 만나요.

엄마, 내 딸들이 남의 손에서 큰다고 늘 안쓰러워하셨는데 잘 자랐어요. 엄마가 나를 믿고 지켜봤듯이 저도 엄마처럼 자식을 믿고 응원하는 부모가 되도록 애쓸게요. 엄마 곁에 있을 수 있는 시간을 주어서 진심으로 감사해요. 순남 씨, 당신의 딸이어서 행복했습니다. 순남 씨, 그동안의 헌신적인 보살핌과 사랑에 감사드립니다. 순남 씨, 사랑합니다.

눈물 콧물 범벅이 되어 적어 간 편지를 읽었다. "할머니 사랑해요"라며 두 딸이 뼈만 앙상한 할머니 가슴에 몸을 낮춘다.

병원 관계자가 많은 가족이 수시로 면회를 해서 다른 환자에게 방해가 되니 주 보호자 한 사람만 면회를 허락하겠다고 양해를 구한다. 최대한 병실 환자들에게 방해가 되지 않는 오전 오후 7시 하루 두 번으로 면회 시간을 정한다. 직계 가족 대부분이 엄마와 마지막 인사를 나누었다. 엄마는 여전히 혼수상태다.

작별일기 1

작별 기도 2023.8.19.(토)

무더위가 극성이다. 엄마는 의식이 없다. 거친 들숨, 토하는 날숨은 신음이다. 앙상한 갈비뼈를 제외한 온몸을 욕창이 점령했다. 그 고통이 얼마나 심하면 혼수상태에서도 끙끙 앓으실까. 이제껏 엄마가 한 시간이라도 더 버텨 주길 바란 내 이기심을 자책한다. 비로소 엄마 손을 잡고 고통 없이 편히 잠들기를 마음속으로 되뇐다. 큰딸은 부산으로, 작은딸은 원룸으로 돌아가고 나는 호텔 방에서 밤새 뒤척였다.

아침 7시, 저녁 7시 2023.8.20.(일)

작은오빠는 출퇴근길에 호텔 앞에서 나를 태우고 내려 준다. 아침 7시, 엄마는 눈을 뜨고 연신 숨이 가쁘다. 업무가 시작되기 전이라 드레싱이 되지 않은 엄마의 발과 다리는 진물이 나서 시트까지 젖었다. 신음소리도 더 심해졌다. 잘 잤느냐고 아침 인사를 하고 손을 잡으니 손에 힘이 들어간다. 조금은 더 우리 곁에 있을 것 같다. 목이 아픈지 왼손이 목에 가 있다. "엄마 사랑해. 편히 주무셔요." 작은오빠도 근심걱정 다 내려놓고 주님 곁으로 가라고 기도한다.

저녁 7시, 엄마는 아침처럼 목에 손을 대고 있다. 왼손을 떼 보니 목에 멍이 들었다. 접힌 팔이 펴지지 않는다. 병원에서는 팔을 펴기 위해서는 묶는 방법밖에 없다고 한다. 그것만은 안 된다고 정색을 한다. 엄마 손에 보호용 벙어리장갑을 끼운다. 숨을 몰아쉬고 끙끙 앓던 엄마가 눈을 감는다. 자는 잠에 가고 싶다던 엄마의 소원은 이루어지지 않고 있다.

일시적인 호전 2023.8.21.(월)

엄마가 산소호흡기를 단 지 9일째다. 마스크에서 줄로 교체하니 얼굴을 만질 수도 있다. 오늘은 눈도 크게 뜨고 호흡도 많이 좋아졌다. 엄마 잘 잤어? 인사를 건넨다. 엄마가 힘겹게 입을 움직여 말을 하지만 알아들을 수가 없다. 아무리 귀를 가까이에 대도 소리는 밖으로 나오지 못하고 엄마 입속으로 말려들어 간다. 엄마에게 힘들게 말 안 해도 괜찮다고 속삭인다. 벙어리장갑을 낀 손이 목에서 가슴 위로 내려왔다. 목에는 상흔이 선명하다. 발은 푸르다 못해 검고, 손도 욕창으로 상처투성이다. 엄마가 고통스럽게 또 입을 움직인다. 무슨 말을 하고 싶은 걸까. 마지막으로 하고 싶은 말은 무엇일까. 큰손자를 기다리고 있을까.

엄마 귀에 대고 속삭인다. 오늘 밤이면 큰손자 상언이가 호주에서 오니 조금만 기다리라고. 오빠와 나는 변함없이 엄마 사랑해요, 고맙습니다, 편히 주무세요, 를 남기고 병실을 나선다.

간호사인 조카에게 전화를 걸어 할머니 컨디션이 좋아졌는데 혹시 콧줄로 미음 같은 걸 공급해도 되느냐고 묻는다. "이모, 일시적인 호전이에요. 외할머니 곧 돌아가실 것 같아요."

이른 출근을 하는 젊은 직장인 한 무리가 건널목에서 신호가 바뀌기를 기다리고 있다. 그들과 마주 선 나는 종종걸음 치던 내 젊은 날을 떠올린다. 엄마는 생과 사의 경계에서 어느 시절에 머물고 있을까. 신호가 바뀌고 젊은이들이 우르르 빌딩 속으로 사라진다. 직장과 육아로 헉헉거리던 젊은 날보다 나는 늙어 가고 있는 현재가 좋다. 어쩜 엄마도 혹독한 시집살이, 밖으로만 도는 아버지, 집안 살림, 밭일, 물일에 몸이 열 개라도 모자랄 정도로 노동에 시달렸던 젊은 시절에는 머물지 않을 것 같다.

작별의 시간이 다가오고 있다 2023.8.22.(화)

엄마가 눈을 뜨고 있는데 초점이 없다. 눈을 맞추고 인사를 해도 반응이 없고 미동도 하지 않는다. 실낱같은 호흡에 가슴만 움직인다. 욕창이 심한 발뒤꿈치는 붕대를 겹겹이 감아 놓았다. 꼬부라지고 휘어진 발가락, 검은빛 다리는 벌써 싸늘하다. 베개에 닿은 얼굴 오른쪽 일부도 검은빛이다. 엄마 육체 절반은 이승을 넘어선 것 같다. 엄마 영혼은 어디에 있을까. "엄마 걱정하지 말고 편안히 가세요. 천국 가면 외할아버지, 외할머니, 외삼촌들이 기다리고 있을 거예요." 오빠의 기도는 간절하다. 엄마를 포함한 외갓집 식구는 모두 예수를 믿었고 천국을 믿었다. 엄마는 치매가 악화되자 그렇게 사랑하던 예수도 잊었다. 엄마는 천국을 기억해 낼 수 있을까.

엄마 귀에 대고 속삭인다. “오늘 밤 상언이가 호주서 온대. 곧 만날 테니 조금만 기다려.” 이 순간이 마지막일지도 몰라 또 속삭인다. “엄마, 낳고 길러 줘서 고맙습니다. 감사해요. 사랑해요.”

작은오빠는 낮에 목사님과 엄마 임종예배를 드렸다. 상언이가 서울에 도착하는 밤 9시 면회를 신청했으나 병원 측에서는 오늘 두 번 면회는 끝났으니 안 된다고 한다. 엄마가 오늘 밤을 무사히 넘길 거라는 확신이 든다.

엄마, 이제 울릉도 집으로 가요 2023.8.23.(수)

밤새 비가 내렸고 편두통으로 잠을 설쳤다. 약을 먹어도 두통은 가라앉지 않는다. 아침 7시, 작은오빠, 상언이랑 엄마 병실로 간다. 엄마 침대가 출입문 쪽으로 옮겨져 있다. “할머니, 상언이 왔어요.” 엄마가 눈을 뜨지 않는다. 엄마 귀에 대고 속삭인다. “엄마,

호주서 상언이가 왔어. 그렇게 기다리던 큰손자가 왔는데 눈 떠 봐요." 엄마가 실눈을 뜬다. 상언이가 일회용 비닐장갑을 낀 손으로 엄마 손을 잡고 말한다. "할머니, 박영국 아들 상언이가 왔어요." 엄마가 거칠게 숨을 몰아쉬며 혼신의 힘을 다해 뭐라고 말하지만 알아들을 수 없다. 안타까움에 눈물만 앞을 가린다. 아마 "아이구 내 새끼 어언 왔구나. 보고 싶었다." 했을 것이다. 상언이가 할머니를 안으며 사랑해요, 라고 흐느낀다. 엄마가 숨을 몰아쉰다. 나는 엄마의 머리를 쓰다듬고 볼을 비비고 가슴에 얼굴을 묻으며 말했다. "엄마, 이제 울릉도 집으로 가요." 엄마가 조용히 눈을 감는다. 편안한 얼굴이다. 살아생전 엄마의 마지막 모습이었다.

또 편두통 약을 먹고 폭우 속을 걷는다. 지난밤부터 비는 무섭도록 퍼붓는다. 순식간에 옷이 다 젖는다. 작은오빠가 지금 호텔 앞이니 빨리 나오라고 전화를 했다. 엄마가 위중하단다. "엄마, 우리가 갈 때까지 조금만 기다려."를 되뇌며 병원에 도착했다. 간호사가 "김순남 씨 운명하셨습니다."라며 우리를 맞는다. 나와 오빠는 엄마 침대로 뛰어갔다. 가림막이 쳐진 침대에 엄마는 눈을 감고 입을 조금 벌린 채 누워 있다. 간호사와 의사가 와서 운명하신 지 십여 분 되었다고 전한다. 나는 마스크도 일회용 장갑도 벗어 던지고 엄마의 가슴에 얼굴을 묻었다. 머리부터 발끝까지 엄마를 만진다. 주렁주렁 달았던 모든 줄들이 사라진 자리는 상처투성이다. 여전히 오므리고 있는 왼쪽 팔은 펴지지 않는다. 엄마 그동안 고생 많았어. 이제 편히 쉬어. 엄마 딸이어서 행복했어. 간병인이 울고 있는 내 등을 쓰다듬는다.

"우리 엄마 가실 때 고통스럽지는 않았나요."

"엄마 편히 가셨어요. 선생님(의사, 간호사)들 다 계시는데 눈 한 번 크게 뜨더니 그대로 가셨어요. 그래서 내가 눈 감겨 드렸어요."

간호사가 시신을 수습해야 하니 밖으로 나가라고 한다. 환자복을 입고 왼손을 가슴에 얹은 채 누운 엄마는 편안한 얼굴이다. 엄마의 볼에 내 얼굴을 댄다. "엄마, 이제 울릉도 집으로 가자." 2023년 8월 23일 15시 10분, 내 엄마 김순남 씨가 떠났다.

작별일기 2

요양병원을 떠나다 2023.8.23.(수)

엄마가 산소호흡기를 달고 저승 갈 채비를 하는 동안 자식들은 이승에서 엄마와의 작별을 준비했다. 황망하게 아버지와 이별해야 했던 그때에 비하면 작별의 시간을 준 엄마가 고맙다. 미리 준비해 둔 서류로 금방 사망진단서가 나온다. 이제 엄마는 울릉도 집으로 간다. 소망하던 아버지 곁으로 간다. 울지 않기로 한다. 비는 멈추지 않고 쏟아지고 있다. 슬픔을 나눈다. 요양병원 근처 이대서울병원 영안실에 엄마를 모셨다. 직원이 고인의 왼쪽 팔이 펴지지 않아서 힘들었다고 한다. 환자복을 벗고 흰옷을 입은 엄마의 마지막 모습을 본다. 팔도 다리도 쭉 폈다. 소독약과 향이 뿌려진 엄마의 육신이 안치실 냉장고 속으로 들어간다. 작은오빠가 오열한다.

눈물이 마르기도 전에 작은오빠의 휴대폰이 쉴 새 없이 울린다. 울릉도, 포항, 부산에서 오는 형제들이 도착하면 한밤중이다. 폭우 속에서 어쩜 더 늦어질지도 모른다. 작은오빠와 나는 말하지 않아도 안다. 엄마를 울릉도까지 잘 모시고 가자고.

자본주의에 놓아났다 할지라도 장례식장도 넓은 곳, 분향소 꽃 제단도 높게, 장례용품도 그럴듯한 것으로 한다. 일사천리로 빈소가 차려지고 흰 국화 더미 속에 엄마 영정사진이 놓인다. 뽀글뽀글한 파마머리에 안경을 쓰고 파란색 셔츠를 입은 엄마는 웃음기 하나 없이 표정이 굳어 있다. 모바일 부고장이 만들어지고 직계가족의 옷 치수를 조사해 상복을 주문하는 사이 음식과 서빙을 할 도우미도 당도한다. 장례지도사가 장례 절차를 설명한다.

넓은 가장(밭) 때문에 사시사철 밭따개비*로 산다고 한숨 쉬던 엄마는 한시도 쉬지 않았다. 엄마가 밭을 떠난 건 오른쪽 다리를 수술하러 부산 침례병원에 입원했을 때다. 퇴원 일 년도 안 되어 재발해서 다시 수

* 따개비는 바닷가 바위에 붙어 있는 삿갓조개류로 김순남 씨가 밭일에 지친 자신을 표현한 말이다.

술, 결국은 오른쪽 다리는 굽히지 못하는 뻐덕다리(벋정다리)가 되었다. 그 몸으로도 일을 계속했고 불편한 다리 때문에 일 속도가 느려지는 만큼 일하는 시간이 늘어났다.

한때 육지 기획부동산에서 동네 땅들을 사들였다. 잰만당 대부분의 땅이 그때 팔렸다. 작은오빠가 사업 밑천을 조금만 보태 달라고 눈물로 호소했지만 아버지는 가장의 자리를 지키며 꿈쩍도 하지 않았다. 그 때문에 작은오빠의 서울살이는 상상을 초월하도록 고달팠고, 큰오빠는 울릉도로 돌아올 수 있었다. 부모님이 평생을 바쳐 가꾼 비탈밭을 팔아 엄마 장례를 치른다. 정작 엄마는 벌벌 떨며 아까워 쓰지 못했던 돈을 우리는 망설임 없이 쓴다. 용돈을 보낼 때마다 "자식 남의 손에 맡기고 잠 못 자고 네가 번 돈을 내가 어떻게 받노." 해서 나를 울리던 엄마다. 평생 자식한테 손 한 번 안 내민 성품답게 가는 길도 자식에게 부담을 주지 않는다.

대형병원이 장례식장으로 돈을 번다는 세간의 말은 헛말이 아니다. "장례식장이 무슨 호텔 같노"라고 사촌 언니가 말했을 때 나는 김순남 씨 뵐 면목이 없었다. '아는 척, 있는 척, 잘난 척'과는 거리가 먼 우직하고 담백했던 그녀의 생에 우리가 하는 이 모든 것들이 누가 되지는 않을지 염려가 된다. 엄마 영정사진 앞에서 아뢴다. 자식들 마음 편하자고 하는 짓거리니 한 번만 봐 달라고.

형제, 조카, 친척들이 도착하고 작은오빠가 다니는 교회 목사님과 신도들이 찬송과 기도로 엄마와 함께한다. 밤 11시경 울릉도 큰오빠와 포항 큰언니가 왔다. 빈소에서 칠순이 넘은 큰언니가 꺼이꺼이 긴 울음을 토한다.

이승에서 나누는 마지막 인사 2023.8.24.(목)

입관실로 간다. 엄마는 성경 구절이 적힌 삼베옷을 입고 빨간 버선을 신고 누워 있다. 가족들이 엄마와 마지막 인사를 나눈다. 뽀얗게 분칠을 하고 분홍 립스틱을 바른 그녀 얼굴은 석고상 같다. 두 손으로 엄마 얼굴을 감싼다. 냉기가 내 몸을 파고든다. 엄마 가슴에 엎드리니 눈물이 쏟아진다. 엄마, 사랑해요. 이제 편히 쉬세요. 큰오빠가 엄마 얼굴에 천을 덮는다.

엄마가 흰 백합과 붉은 장미로 장식된 꽃관으로 옮겨진다. 다시는 어버이날에 계시지 않을 어머니께 마지막으로 카네이션을 달아 드리라며 장례지도사가 카네이션을 나눠 준다. 엄마 가슴이 빨간 꽃밭이 된다. 카네이션 생화를 구하기 힘든 섬에서 엄마에게 늘 종이로 만든 꽃, 조화 카네이션을 드렸다. 자식들이, 손자 손녀가 보내 주는 조화를 버리지 않고 텔레비전 위에 모아 두곤 했다. 살아생전 드린 적 없는 생화를 저승길에 바치는 자식 심정은 쓰리다.

평생 이승에서 꽃다발 한 번 받은 적 없는 엄마가 꽃밭에 누워 카네이션을 다발로 안고 저승길을 간다. 천이 덮이고 관 뚜껑이 닫혔다. 장례지도사가 관 위에 붉은 천을 덮고 金寧金氏召天(김녕김씨소천)이라고 적는다.

순남 씨를 품에 안다 2023.8.25.(금)

화장 시간은 우리 뜻대로 되지 않았다. 우여곡절 끝에 벽제추모공원 오후 3시였던 일정이 서울추모공원 10시 10분으로 당겨졌다. 오늘 밤 울릉도행 배를

탈 수 있다. 아침 8시 화장장으로 향하는 차 안에서 바라보는 서울의 아침은 눈부시다. 연일 내리던 비도 그치고 출근을 서두르는 사람들의 종종걸음, 꼬리를 물고 늘어선 차량. 도심의 일상이 시작되고 있다. 육지올 때마다 아이구야 어지럽다. 이런 데서 우째 사노, 를 연발하던 엄마가 리무진을 타고 앞서간다.

친정 갈 때마다 이제 밭일 그만하고 육지 가서 자식들 얼굴 보며 살자고 졸랐다.

"내 집 놔두고 어디 가노. 육지 가면 노인을 요양원에 보내고 죽으면 화장한다 카더라. 내사 마 시뻘건 불구덩이 무서워서 육지 안 간다. 여서 너거 아버지 옆에 묻힐란다. 그라고 제사는 지내지 마라."

"그라믄 날씨 궂어서 자식 한 명도 없이 아버지처럼 가시면 우짤 긴데. 자식 가슴에 대못 박는 기다."

"동네 사람들이 다 알아서 해 줄 긴데 무신 걱정이고, 죽으면 천당 가는데 니도 예수 믿으라."

"엄마 교회 가는 일요일날 나는 일하러 간다. 먹고 사느라 바쁜 막내딸 엄마 빽으로 천당에 넣어 주면 안 될까."

"천당은 빽이 안 통한다고 하던데. 니가 믿어야지."

“예수님이 너무 야박한 것 아이가.”

“야가 무신 그런 소리를 하노.”

어느 해 가을, 엄마와 내가 정지에서 웃으며 주고받던 말이 윙윙거린다. 엄마가 무섭다고 하던 불구덩이 속으로 들어간다. 고향집에서 조용히 생을 마무리하고 싶어 했던 그녀의 소박한 소망은 실현 불가능한 것이다. 육지로 떠나 곁에 없는 자식들보다 늘 만나는 동네 사람들을 더 믿고 의지했던 부모님이다.

40여 분 뒤 유리창 너머 엄마의 뼈와 마주한다. 92년 육신을 지탱해 온 뼈, 우리 오 남매를 낳고 기르고 산나물 뜯고 밭일하느라 닳고 닳은 엄마의 뼈는 희고 작다. 그 뼈들은 순식간에 가루가 되어 황토항아리에 담겼다. 큰오빠가 항아리가 든 나무 상자를 안고 화장장을 나선다.

작은오빠가 운전하는 차에 남편이 엄마 영정 사진을 들고 옆 좌석에 타고 큰오빠와 나는 뒷자리에 탄다. 엄마의 유골함을 안으니 따스하다. 태산 같았던 그녀가 내 품으로 들어왔다.

오전, 드디어 고향집에 오다 2023.8.26(토)

지난밤 오 남매는 포항 영일만에서 11시 58분 울릉도행 배를 탔다. 일출 시간을 알리는 방송에 조카 슬기랑 크루즈 꼭대기로 올라간다. 헬기가 이착륙할 수 있다는 넓은 광장이다. 동해바다를 밀고 해가 떠오른다. 이제껏 울릉도를 수십 차례 다녔지만 일출을 보기는 처음이다. 고향 품 안으로 돌아온 엄마를 반겨 맞아 주는 것 같아 마음이 가벼워진다. 섬이 서서히 형체를 드러내고 사동항에 당도한다. 작은오빠 차를 타고 엄마 유골함을 안은 채 고향집에 도착한다.

제당 밭 아버지 산소도 이장해 엄마와 함께 수목장을 하기로 했다. 서울에서 엄마 장례를 치를 동안 사촌 오빠들이 아버지 유골함을 안방 상 위에 모셔 놓았다. 그 옆에 엄마 유골함을 놓는다. 아버지 스물넷, 엄마 스물둘에 결혼해 사십이 년을 함께 산 두 분이 다시 만났다. 울릉도가 그리워 아파트 겹겹의 문을 흔들던 엄마, 낯선 이를 붙들고 울릉도 가는 뱃머리를 묻던 엄마, 울릉도 가야 된다며 신발을 침대 맡에 두고 자던 엄마가 마침내 집에 돌아왔다. 눈물로 절을 올린다.

식구들이 연변(바닷가 마을)으로 아침을 먹으러 간 사이 엄마 유골함을 안고 안방, 작은방, 사랑방, 부엌, 창고까지 들른다. 6년 전 이 집을 떠나기 전 엄마의 손길이 머물던 곳이다. 늘 엄마가 일했던 밭에도 간다. 철 지난 참고비, 미역취, 삼나물, 부지깽이가 너울너울 춤춘다. 정구지도 흰 꽃을 피웠다. 아버지가 좋아해서 늘 반찬 양념으로 썼던 제피나무, 내가 드나들 때마다 하나씩 따 먹던 무화과나무, 뻔나무(섬벚나무) 한테도 인사를 한다. 새미(샘) 옆 잠자는나무(자귀나무) 앞에서 한참을 머문다. 여름날 분홍 꽃이 피면 호랑나비가 오랫동안 놀다 가던 자귀나무는 가지 하나 잎 하나 없이 옹이투성이 둥치만 덩그렇다.

뒷산으로 간다. 북면과 서면의 경계 비석을 지나 우리 집 솔밭(소나무산)이다. 엄마가 동네 아지매들과 지통골 산나물을 뜯으러 다니던 길 옆이다. 우리 집과 연못, 신작로 아래 밭이 보이고 그 너머 현포 앞 바다가 아스라이 들어오는 전망 좋은 곳, 쭉 뻗은 소나무 아래 부모님 유골을 안치한다. 현포침례교회 목사님 내외분과 장로님이 찬송과 기도로 배웅하고 가족들도 삽으로 흙을 떠서 유골함을 덮는다. 황토 흙 위에 서울 장례식장에서 들고 온 국화꽃을 심고 절을 올린다. 편히 쉬세요.

애도일기 1

복상댁, 고생 많았제 2023.8.26.(토)

산에서 내려와 점심 때 현포 연변 마을회관에서 조문객을 받았다. 섬 풍습이다. 서울서 들고 온 검은 상복을 입고 우리 오 남매와 올케, 사위, 조카가 동네 어르신, 친척, 친구들을 맞이했다. 현포 부녀회에서 음식 일체를 준비하고 청년회에서 서빙도 해 줘서 우리는 오시는 분들을 정중하게 맞이할 수 있었다. 엄마와 함께 나물, 김 뜯으러 다녔던 앞집 아지매도, 내가 꼬맹이 때 보았던 친척 이모도, 국민학교 졸업 후 처음 뵙는 친구 엄마도 왔다. 92세인 엄마 연배 아지매들은 한 분도 없다. 엄마보다 먼저 세상을 떠났거나 요양원에 계신다.

동네 어르신들이 구부정한 몸, 그을린 얼굴, 투박한 손을 내밀어 '고생 많았제'라며 우리 손을 잡는다.

콧등이 시큰거린다. '고생 많았제' 그 한마디는 잿만당 엄마가 계신 솔밭으로 날아갈 것이다. "복상댁(김순남 씨), 고생 많았제."

엄마를 만난 듯 반갑고 정겨운 말투다. "복상댁 다리 아파 고생 많이 했는데 이제 편히 쉬겠다. 어무이는 어디다 모셨노. 언제 왔노. 나불이(파도)는 시(높)지 않던가."

테이블 위에는 밥과 국, 참고비나물, 김치, 멸치조림, 떡과 돼지고기, 문어, 과일 등이 차려진다. 술과 음료가 나온다. 차려진 밥상은 고향으로 돌아온 김순남 씨와 더불어 나누는 식사자리다. 내 어릴 적 마을 어르신들이 떠나실 때면 아이들은 상여에 달 꽃을 만들고, 엄마들은 음식을 만들고, 마당에 천막을 치고 손님상을 나르던 아버지들은 분주했다. 집 안은 시끌벅적했고 평소와 다른 음식은 달았다. 곡소리, 방울소리, 흰옷을 입은 상여꾼들의 노랫소리가 아득히 멀어져 가던 산길이 흑백사진처럼 희뿌옇다.

오후 1시경 손님들의 발길이 끊기고 우리 가족도 식사를 했다. 음식은 정갈하고 맛있다. 몇 날 며칠을 제대로 먹지 못한 나는 믿기지 않을 만큼 배불리 먹었다. 사촌오빠 차를 타고 집으로 올라와 언니들과 큰방에서 곯아떨어졌다.

해거름에도 저녁에도 친척들, 큰오빠 지인들이 왔다. 인사를 나누고 음식을 차리고 설거지를 하고 엄마가 덮었던 낡은 이불을 덮고 오랜만에 달고 긴 잠을 잤다.

김순남 씨, 박상준 씨 간밤에 평안하셨나요

2023.8.27.(일)

일요일 오전, 가족들이 엄마가 다녔던 교회에 갔다. 그녀가 수십 년을 다닌 교회에 온 건 처음이다. 1층은 식당이고 2층이 예배실이다. 엄마가 아픈 다리로 2층을 오르내리느라 힘들었을 것 같다. 젊은 목사님이 김순남 집사님을 위해 기도했고 우리 가족 이름을 부르며 감사의 말을 전한다. 몇 분의 어르신이 순남 집사님 자녀들이 이리 와 줘서 고맙다고 손을 잡았다. 엄마가 자신의 이름만은 또렷하게 기억하고 정확하게 말했던 것은 교회 사람들이 많이 불러 주었기 때문일까. 그녀가 교회에서는 택호나 누구 엄마로 불리지 않았다. 김순남 씨였다.

큰오빠가 취나물을 삶던 아궁이에 엄마 영정사진과 유골 항아리를 담았던 나무 상자 등을 태운다. 가방에서 엄마가 요양병원에서 입고 떠난 환자복을 꺼낸다. 그녀가 이승에서 마지막으로 입었던 옷이다. 서울에서 장례지도사가 내게 건네며 쓰레기통에 버려도 된다고 했다. 엄마가 입었던 옷을 병원 쓰레기통에 버릴 수가 없어서 들고 왔다. 잠시 씻어서 보관할까, 라는 생각도 했지만 그냥 아궁이에 넣는다. 활활 타오르던 불길이 주춤하고 연기가 사방팔방 피어오른다. 열기와 매캐한 연기 속에서 눈물을 찔끔찔끔 흘렸다.

바람이 불고 비가 온다. 태풍이 올라오고 있다. 어디로 갈지 모른다는 기상예보다. 태풍에 발이 묶이면 안 된다고 식구들이 떠났다. 왁자지껄했던 집이 조용하다. 나는 엄마가 자던 큰방에 누워 뒤척인다. 천둥이 치고 번개가 번쩍인다. 콸콸 소나기가 내린다. 자정이 조금 넘은 시간이다. 사랑이(진돗개)가 짖는다. 창경문*을 때리던 빗줄기가 죽담으로 들이친다. 문을 닫아야지 생각만 들 뿐 몸은 꼼짝도 않는다. 유골 항아리

* 유리창이 달린 미닫이문

가 떠내려갈까 봐 불안해진다. 큰오빠가 창경문을 닫는다.

구름이 숨가쁘게 몰려가고 바람이 일면 엄마는 비설거지를 했다. 덩달아 나도 바빴다. 널어 두었던 나물이나 콩을 거두고 빨래를 걷었다. 바람에 날아갈 것들은 돌로 눌렀다. 함석지붕을 때리는 바람이 더 거세지고 나는 비설거지하던 엄마의 분주한 모습을 보며 잠이 들었다.

이른 아침, 비는 그쳤다. 소나무를 안으며 간밤에 비가 많이 왔는데 별일 없었느냐고 여쭌다. 흙도 빗물에 쓸려가지 않았고 서울에서 들고 온 국화꽃도 몇 송이만 고개가 꺾였을 뿐 생생하다. 아버지를 안아드린 적이 있었던가. 사랑한다는 말은?

애도일기 2

김순남 씨 유품 2023.8.28.(월)

엄마의 유품이다. 파스, 우황청심환, 건강 팔찌, 안경, 카세트, 바늘, 바느질실에 망연자실한다. 건강식품 회사 로고가 찍힌 고동빛 나무 상자 속에 담긴 이 물건들은 엄마가 집을 떠나기 전까지 날마다 만졌던 것들이다. 엄마의 구십 평생 삶이 한눈에 읽힌다. 튀어나온 뼈 마디 마디 통증을 한 장의 파스로, 우황청심환 한 알로 달랬을 그녀의 길고도 아픈 밤 속으로 들어간다.

개봉된 퍼런색 비닐 속에 든 몇 장의 파스 중 고름처럼 누런 액이 번져 끈적거리고 물컹이는 것을 골라내고 나머지는 다시 넣는다. 우황청심환도 유통기한이 지난 지 오래되었지만 상자 속에 도로 넣는다. 엄마가 손이 저리다고 해서 자주 우황청심환을 소포로 보냈다. 플라시보 효과였는지 그녀는 많이 좋아졌다고 했다. 돌이켜 보면 손저림은 뇌졸중 전조증상이었을지도 모른다. 2015년 5월 엄마가 말문을 닫고 일어서지를 못했다. 그녀가 응급헬기를 타고 포항 병원으로 왔을 때 의사는 뇌 사진을 보여 주며 말했다. 이미 뇌졸중이 진행되었고, 뇌세포 손상으로 인해 추후 혈관성 치매가 온다고 예고했다. 그때 엄마는 치매가 무슨 병인지 몰랐고 자식들은 그렇게 빨리 진행될지 몰랐다. 일주일 뒤 울릉도로 돌아간 엄마는 삼 년 뒤 치매환자가 되어 집을 떠나 육지로 왔다. 우황청심환을 보내는 대신 병원에 자주 모시고 가서 주기적으로 검사를 받았다면 치매는 좀 더 천천히 진행되었을까. 그때 휴직계를 내고 울릉도에 가서 짧게라도 엄마와 함께 시간을 보냈다면 오늘의 회한은 없을까. 뒤척이는 밤이다.

빈방은 위태롭다 2023.8.29.(화)

'김순남' 이름으로 개설된 통장을 정리했다. ATM 기계로 잔액을 인출해서 0원으로 만든다. 그녀 이름이 찍힌 나무도장, 현금인출카드, 장애인카드도 이제 쓸모없어진다. 엄마 흔적 하나가 또 사라진다. 텅 빈 마을, 텅 빈 집에 어둠이 일찍 깃들고 그녀 없는 빈방에 거미줄처럼 머문다. 엄마가 학사모를 쓰고 환하게 웃고 있는 사진이 벽에 걸려 있다. 뽀샵 처리를 했는지 주름 하나 없이 고운 얼굴이다. 교회 노인 대학 졸업식 사진이다. 그 옆으로 손자, 손녀들의 백일, 돌 사진들이 나란히 걸려 있다. 오래된 TV장 미닫이문을 열어 본다. 친구 효숙이 부친이 적었다는 아버지 장례식 부조금 명부를 본다. 한자로 적힌 익숙한 이름들 중 많은 분이 고인이 되셨다. 큰오빠 학교 때 앨범, 내 초중고 성적표, 상장 등이 있다. TV장 옆에는 낡은 이불과 베개가 앉은뱅이책상 위에 올려져 있다.

시렁(방 한쪽 벽면에 홈을 파서 물건을 보관하는 곳) 문을 열어본다. 엄마의 자잘한 물건(수건, 속옷, 약, 가방, 이불 등)들이 들어 있던 곳은 텅 비었고 거미줄만 어지럽다. 거미줄을 걷고 시렁 문을 닫으려는데 문짝이 툭 떨어진다. 낑낑거리며 문짝을 달아 보려고 하지만 안 된다. 거의 한 세기를 지탱해 온 집은 위태롭다. 흘러내린 흙을 품은 벽지는 터질 듯이 팽팽하다. 이 집은 언제까지 버틸 수 있을까.

고동색 나무 상자를 끌어당긴다. 큰방 입구에 있

던 바늘당시기(반짇고리)가 언제 이 상자로 바뀌었을까. 상자 속에서 녹슨 팔찌, 안경, 카세트, 바늘 몇 개와 종이를 돌돌 말아 감은 검정, 흰색 바느질실을 챙긴다. 녹슬고 변색된 팔찌를 찬찬히 살핀다. 자식들이 사 준 것 같지는 않다. 아마 섬까지 온 장사꾼한테서 샀을 것이다. 오래전 조잡한 전기장판을 깔고 주무시길래 웬 거냐고 물으니 육지서 온 상인한테서 샀다고 했다. 육지서 젊은 사람들이 경로당에 와서 음료수 나눠 주고 춤추고 노래 부르면서 전기장판을 팔았단다. 구경 잘 하고 그냥 나올 수가 없어서 40만 원 주고 샀다는 물건은 육지서는 구하기도 힘든 허접한 것이었다. 속았다는 말은 하지 못했다. 도시 노인들의 주머니를 털던 장사꾼들이 울릉도까지 온 사실에 벌어진 입이 다물어지지 않았다. 그 후로도 엄마는 한약을 사기도 했다. 전기장판은 따뜻했고 한약 덕분에 몸이 한결 가볍다던 엄마는 세상 사람을 '내 맘'같이 믿었다.

사망신고 2023.9.6.(수)

엄마 사망신고를 했다는 작은오빠 전화를 받았다.

온몸에 기운이 빠지고 가슴이 아려와 어둠이 방 안까지 내려오는 줄도 모르고 앉아 있었다. 대한민국에서 '김순남'임을 증명했던 모든 것들이 사라졌다. '울릉도'와 '김순남'만은 또렷하게 말하던 엄마의 천진한 모습이 눈앞에 아른거린다. 섬마을, 가족, 이웃 관계 속에서 아침 햇살 속으로 사라진 이슬처럼 그녀가 떠났다. 그녀가 그 무엇에도 걸리지 않고 자유롭기를 누구보다 간절히 바랐지만 사망신고 앞에서 아득해진다. 이제 '기억한다, 가슴에 담는다'는 말에 자신이 없다. 어느 날부터 기억나지 않는 것들이 많아졌다. 삼십여 년 전 작별한 아버지의 웃는 모습이 가물가물하다. 내 기억은 흐려지고 옅어지고 종내는 몸과 함께 해체될 것이다. 다시 노트북을 펼친다.

고비나물 2023.9.28.(목)

엄마가 떠난 지 한 달이 지났다. 밥을 먹고 잠을 자고 또 하루를 맞이한다. 문득문득 그녀 생각에 집을 나서고 백양산 자락 소나무를 안고 상수리나무를 쓰다듬는다. 그렇게 멈춘 듯한 시간은 흐르고 내일은 추석이다. 제사를 지내지 말라고 한 그녀의 뜻을 받든다. 엄마 보러 갈 생각에 설레던 추석이 사라졌다. 허전함에 그리움에 오 남매가 모여 밥 한 끼 먹기로 했다. 막내로서 언니 오빠들에게 얻어먹기만 했던 나는 형제들을 집으로 초대했다. 이른 아침부터 음식준비로 부산을 떤다. 엄마가 좋아했던 밥, 된장찌개, 잡채, 고비나물, 김치에다 명절이라고 갈비찜을 한다.

다리 수술 후 산에 갈 수 없게 된 엄마는 뒷산 솔밭에서 고비뿌리를 캐 와 밭에 심었다. 고사리와 비슷하게 생긴 고비는 명절, 생일, 제사 등 경조사에 빠지지 않는, 울릉도 사람들이 최고급으로 치는 나물이다. 섬에서 흔하디흔한 게 나물인데 고비는 산에서도 밭에서도 흔하지 않다. 4월 한 달이 제철인 고비는 털 뽀송뽀송한 줄기를 동그랗게 말아 그 속에서 잎을 틔운다. 이 상태에서 고비를 꺾어 나물로 만든다. 고사리처럼 잎이 피면 먹을 수 없다. 여린 초록의 고비는 고비밥을 훑어내고(동그랗게 말린 줄기를 펴서 잎을 제거) 장작불로 삶는다. 삶은 고비를 햇살 좋은 마당 끝에 널어 꾸덕하게 마르면 살살 비벼서 털도 없애고 부드럽게 만든다. 햇볕에 뒤집기를 여러 번, 새끼손가락만 하던 초록색 고비가 바느질실처럼 가느다랗고 까맣게 마른다. 말린 고비는 다시 불리고 삶아 우려서 들기름, 조선간장으로 볶아 먹는다.

고비는 볶는 게 힘든 나물이다. 기름을 많이 넣으면 '미끄덩거린다'는 엄마 말이 귓가에 맴돈다. 부드러우면서도 쫄깃하고, 짜지도 싱겁지도 않아 간이 맞는 엄마의 고비나물 맛이 아직도 입안에 삼삼하다. 기억의 맛을 되살려 고비나물을 볶는다. 다행히 언니 오빠들이 간이 좀 싱겁다면서도 맛나게 먹는다.

엄마는 매년 고비를 육지 다섯 자식들에게 보냈다. 쪼그리고 앉아야 일하기 편한 밭에서 아픈 다리로 엉거주춤 허리를 굽히고 고비를 꺾느라 허리가 더 휘어졌을 엄마 생각에 울컥한다. 큰오빠가 말린 고비 400g에 십만 원이 넘어도 구하기 힘들다고 한다. 소고기보다 비싸다. 언니는 소고기보다 고비가 맛있다고 한다. 우리는 일제히 고개를 끄덕인다. 까만 고비 부스러기까지 탈탈 털어 보냈던 그 마음을 이제서야 헤아린다.

추석날 불러 보는 가신 님 2023.9.29.(금)

꿈속에서라도 한 번 뵙기를 바랐건만 엄마는 모습을 보이지 않는다. 휴대폰에서 그녀의 사진을 찾는다. 몇 해 전에 엄마 모습을 동영상으로 찍어 두었는데 지난번 휴대폰 분실로 날아가 버렸다. 깔끔하고 꼼꼼하게 정리 잘하던 엄마를 닮았으면 좋으련만…… 한숨이 절로 난다.

안방 침대에 기대니 불현듯 이 자리에서 엄마가 노래하던 모습이 떠오른다. 길지도 않은 노래였는데 입안에만 맴돈다. 작은언니한테 전화하니 기억을 더듬어 들려준다.

“나를 두고 가신 님아/ 애당초 못 데리고 살 것이면/ 사랑은 왜 맺었나요/ 정들 대로 정들어 놓고/ 당신만 가십니까요/ 무정한 내 님아/ 다시 한번 가신 님을 불러 봅니다.” 정 주고 떠난 님을 그리는 슬픈 노래다. 그녀가 깜빡이는 기억 속에서도 찾던, 가신 님은 누구였을까. 나는 가신 님 김순남 씨를 불러본다.

2장

사람

바다, 바람, 바위를 닮아 넉넉했던
울릉도 사람들

내 이름은 김순남

기세등등하던 코로나19가 잠시 주춤거리자 6개월 만에 요양병원 면회가 허락되었다. 몸보다 마음이 먼저 달려간다. 엄마가 누워 있던 병실 맨 안쪽 창가 침대로 갔다. 낯선 분이 누워 계셨다. 원무과에서 분명 305호라고 했는데…… 허둥대며 침대에 붙은 이름표를 훑는데 어르신이 누구 찾느냐고 묻는다. "김순남 씨요." "저어기"라며 어르신이 손으로 가리킴과 동시에 병실 출입문 앞 침대에서 누군가 고개를 든다. 엄마다. 하얀 밤송이 같은 머리로 누가 자기 이름을 부르는지 확인하려는 듯 몸을 일으키고 있다. 얼른 다가가 엄마를 안아 일으킨다.

"누군교?" 하며 나를 쳐다본다. 엄마, 막내딸 자야다. 자리도 바뀌고 머리도 깎아서 못 알아볼 뻔했네. 지난번엔 파마머리가 풀어져 풀머리가 되었더니 마침내 빡빡머리가 되었다. 머리를 쓰다듬어 본다. 비닐장갑 끝에 까슬까슬한 감촉이 느껴진다. 눈앞이 흐려지고 목젖이 아파 온다. 눈에 힘을 주고 침을 삼킨다.

원무과 직원이 면회시간은 공식적으로 10분이라고 했다. 마음이 바쁘다. 병실 어르신들께 바나나랑 우유를 나눠 주는 사이 엄마가 식판 테이블 위에 올려 놓은 카스테라 비닐을 벗기려고 안간힘을 쓰고 있다. 포슬포슬한 카스테라를 숟가락으로 떠서 입에 넣어 드린다. “참 다네, 맛있다. 우리 마실(마을)에는 없는데 어디서 샀노. 니도 무 봐라.” 잇몸으로 오물오물, 채 삼키기도 전에 빨리 달라고 재촉한다. 한평생 일 욕심밖에 없던 분이 치매가 심해지면서 먹는 것에 집착한다. “엄마, 목 메겠다. 우유 마시자.” 한 손으로는 우유팩을, 한 손으로는 빨대를 잡고 달달한 맛에 빠져드는 그녀의 얼굴에 생기가 돈다. 회진 온 간호사가 배탈 날 수 있으니 너무 많이 드리지 말라고 한다. 반쯤 남은 우유를 달라고 하니 더 세게 쥔다. 엄마, 더 맛있는 것 먹자, 라며 바나나를 손에 쥐어 주고 우유를 받는다.

바나나 껍질을 벗기고 있는 나를 빤히 쳐다본다. 일회용 비닐 방호복을 머리까지 뒤집어쓰고 마스크를 한 내가 낯선지 또 묻는다.

"누군교?"

"엄마, 부산에 사는 막내딸 경자잖아." 살짝 마스크를 벗고 얼굴을 보여 준다.

"내가 여어 있는 줄 우째 알았노. 니가 오면 밥은 누가 하노."

그녀는 또 밥걱정이다.

"근데 엄마 여어가 어딘데."

"울릉도."

"엄마 여긴 서울인데, 울릉도에 없는 카스테라도 있는 서울."

"몰라. 내가 나이가 먹어서 들어도 자꾸 잊어버린다."

"엄마 이름은?"

"내 이름은 김순남이지." 또렷하게 말한다.

"이름은 기억하네." 그것도 모를 줄 아느냐는 표정으로 나를 쳐다본다.

이불을 들어 그녀 다리를 만져 본다. 오랜 시간 누워 있어 뼈만 남았다. "다리 아픈 건 어떤데?" "안 아프다." "머리는?" "개안타." 평생 다리와 허리 통증, 두통으로 약을 한 움큼씩 먹었는데 아픈 데가 없다니 이게 무슨 신의 조화인가. 엄마, 정말 아픈 데 없나? 재차 확인한다. 먹느라 정신이 없다. 원무과 직원이 면회시간 끝났다고 올라왔다. 30분(부산서 왔다고 봐주는 최대치다)이 쏜살같이 지나갔다.

엄마, 고개 들고 이쪽으로 봐. 휴대폰에 그녀 얼굴을 담는다. 합죽한 입 대신 눈이 웃는다. “엄마, 잘 지내. 다음에 또 올게.” “더 놀다 가지.” 한 손에 바나나를 들고 물기 어린 눈으로 쳐다본다. 떨어지지 않는 발걸음을 뗀다.

김순남(金順南). 김준경, 이연이의 첫아이로 태어나 사 남매 외동딸로 20여 년간 사랑스럽게 불렸던 이름이다. 박상준의 아내가 되어 이름처럼 ‘도리를 따르고 거스르지 않는 순한 사람’으로 복상댁, 엄마, 에미, 고모, 숙모, 박 서방네로 불리면서 70여 년을 살았다. 구순에 타자가 입힌 이름을 벗어 버린 그녀의 얼굴은 말갛다.

김순남 씨, 드디어 서울 강서구 한복판 요양병원 305호에서 구순의 물리적 나이를 벗었다. 눈과 귀만 열었다. 미음을 먹고 기저귀를 차고 일인용 침대가 그녀의 우주다. 파마와 염색만은 때를 놓치지 않던 집착도 내려놓고 하얀 밤송이가 되었다. 지긋지긋한 육신의 고통도 잊었다. 가족이라는 인연의 끈도 놓았다. 24시간 병실에서 돌봐 주는 조선족 간병인과 현재를 산다.

'김순남 씨, 순남 씨'라고 나직이 불러 본다. 애달프게 엄마를 부르며 알아봐 주고 기억해 주기를 바라는 건 내 욕심이다. 더 이상 내가 누군지 엄마에게 캐묻지 않을 것이다. 다만 기도할 뿐이다. 하루빨리 코로나19 팬데믹이 끝나서 언제든지 순남 씨를 만날 수 있기를. 일회용 방호복, 비닐장갑을 벗어 던지고 순남 씨 손을 잡고, 팔다리를 주물러 주고, 등을 긁어 줄 날을. 그리고 듣고 싶은 한마디.

"아이고! 시원하다. 누군교?"

세 딸이 엄마를 보러 간다

세 딸이 엄마를 보러 간다. 포항에서 6시 20분 첫차를 타고 온 큰언니를 태워 김해공항으로 간다. 작은언니는 먼저 와 있다. 발권을 하고 게이트를 통과한다. 가방을 바구니에 담고 큰언니가 검색대에 올라선다. 삐삐 소리가 난다. 이제는 당황하지 않고 언니가 말한다. 무릎수술 해서 인공관절이라예. 담당자가 손으로 만져 보겠습니다, 라며 언니 무릎 주위를 손으로 더듬는다. 작은언니 역시 똑같은 절차를 거친다. 9시 50분, 김포행 비행기에 몸을 싣는다.

칠순의 큰언니와 곧 칠순이 되는 작은언니가 서로 휴대폰에 담긴 꽃 사진을 보여 주며 소곤거린다. 장미가 이쁘다. 사진이 실물보다 더 잘 나왔다. 이건 무슨 꽃이고. 누구랑 갔노. 에어컨 바람이 너무 세다. 기침 나네. 사탕 줄까. 나도 있다. 막내야 사탕 먹을래? 아니. 두 언니가 나란히 사탕을 오물거린다. 언니들도 엄마처럼 늙어 간다.

엄마는 단것을 좋아했다. 겨울이면 강냉이 엿을 고아 봄까지 먹었다. 늘 엿을 달고 살아서 엄마는 지금 잇몸으로 먹고 있고, 나는 여러 대 임플란트를 박았다. 방학 때 집에 가면 엄마는 교회 갔다 오는 길에 점방에서 과자를 사 와선 같이 먹자고 했다. 내가 살찐다고 하면 우리 집안 내력에는 살찐 사람 없으니 니도 곧 빠진다, 살이 다 키 된다며 꼬드겼다.(엄마 말은 맞았다.) 결혼하고 자주 대형마트에서 과자나 사탕을 사서 소포로 보냈다. 소포를 받은 엄마는 요새는 희안한(희한한) 까자(과자)가 많네, 라며 아이처럼 좋아했다.

아버지 돌아가시고 매년 추석 때 고향집에 가서 엄마 코고는 소리를 자장가 삼아 잠을 청했다. “드르렁~ 푸하~ 또르륵~” 뭐지. 엄마가 사탕을 물고 잠들었다. “엄마, 이빨 다 썩겠다. 사탕 뱉고 주무셔.” “야, 틀니 썩을 게 어딨노. 다 묵어 간다.” 어이없어 웃는 밤, 엄마는 사탕 단물 속으로 빠져들었다.

작은오빠가 우리를 마중 나왔다. 점심을 먹고 요양병원으로 향했다. 코로나19가 거의 종식된 것 같다.

키트검사를 하고, 일회용 방호복과 장갑을 착용했는데 이제는 일회용 장갑과 체온만 체크하고 병실로 향한다. 그동안 간호사를 통해 콧줄과 소변줄을 달았음을 알고는 있었는데 실제로 보니 가슴이 아렸다.

엄마는 자고 있었다. 우리가 엄마, 하고 부르니 겨우 눈을 떴다. 알아들을 수 없는 말을 몇 마디 하면서 고개를 든다. 한 달 전엔 설사 와중에도 말도 잘하고 발음도 또렷했는데…… 자꾸 말을 시키니 정신이 차려지는지 대답을 한다. 작은언니 꽃무늬 블라우스를 보고 "곱다."라며 웃는다.

엄마가 덮고 있는 이불을 걷어 본다. 묶여 있는 손은 퉁퉁 부어 동상 걸린 것처럼 푸르죽죽하다. 발가락 끝에 거뭇거뭇한 반점이 있고 발뒤꿈치는 붕대를 감아 놓았다. 간호사가 욕창이 번지고 있어서 처치를 해 놓았다고, 그래도 몸은 괜찮으니 다행이라고 했다. 이뇨제를 써서 손의 부기를 빼야 하는데 엄마 몸 상태가 좋지 않아서 지켜보고 있다고 한다. 오늘 산소포화도도 좋고 추후 경과를 보고 콧줄도 제거하고 입으로 먹을 수 있도록 하겠다고. 간호사의 말처럼 엄마는 회복할 수 있을까. 욕창이 안개처럼 스멀스멀 엄마 몸속으로 스며들어 종내는 엄마를 집어삼킬 것이다. 억장이 무너진다. 그사이 엄마는 가뭇가뭇 잠 속으로 빠져든다.

면회 종료시간이다. "순남 씨!" 하고 불러 본다. 엄마가 "예"라며 눈을 뜬다. 작별인사에도 별 반응이 없다. 예전 같았으면 왜 벌써 가느냐고, 더 놀다 가라고 했을 텐데. 엄마를 두고 병실을 나서는 발길이 천근만근이다.

비행기 연착 안내 메시지가 들어왔다. 서두르던 발길을 돌려 잠시 화장실을 다녀오니 공항 라운지 카페 앞에서 큰언니가 쿠키와 돈을 들고 카운터를 쳐다보며 어쩔 줄 몰라 한다. "언니야, 뭐 하려고." "과자랑 주스를 사려고 하니 아가씨가 자꾸 키~뭣이로 하라고 하며 돈을 안 받네." 언니들을 카페 안 자리로 안내하고 망고 주스 세 잔을 키오스크로 주문한다. 언니가 들었던 초코 쿠키도 계산한다. 번호표와 진동 벨을 들고 앉는다. "아이구야, 뭔 놈의 세상이 전부 기계로 하라고 해서 늙은이는 살 수가 없다. 고속버스 표도 첫차는 직원이 출근 전이라 기계로 해야 돼서 어제 가서 미리 끊어 왔잖아. 이러다가 나중에는 밥 한 그릇도 못 사 먹고 굶어 죽겠다. 비행기도 내 혼자는 못 탄다. 막내 없으면 우리 엄마 보고 싶어도 못 보고. 나도 머지않아 엄마처럼 요양원 갈 텐데……" 신세 한탄을 한다.

진동 벨이 울리고 주스와 과자가 나왔다. 조금 전 낙심한 표정은 사라지고 달다, 맛있다, 당 떨어질 때는 단 게 최고다, 라며 하하 호호 먹는다. 이것이 삶이다. 그동안 각자 일상을 살아 내느라고 바빠 우리 자매들은 자주 모이지 못했다. 엄마가 요양병원에 입원하고서야 엄마 보러 간다고 함께하는 날이 많아졌다. 우리가 얼마나 다른지, 얼마나 닮았는지 서로를 알아 간다.

큰아 밥해야지

이 주 전에 왔을 때보다 엄마의 상태는 더 심해져 있다. 함께 살고 있는 작은오빠를 아저씨, 올케언니는 아줌마로 부른 지 꽤 오래되었다. 치매약도, 세수도, 대소변도 완강히 거부했다. 그런데 강렬히 원하는 것 한 가지가 생겼다. '날 좀 울릉도 데려다 주이소'라며 식구들 팔을 붙잡는다. 지팡이 없이는 일어설 수도 없는 엄마가 며칠 전 현관문이 잠시 열린 틈을 타 집을 나섰다. 아파트 마당에서 지나가는 사람을 붙잡고 '날 좀 울릉도 데려다 주이소'라며 매달렸다. 다행히도 아파트 경비원이 발견하고 집으로 모시고 왔다. 식구들은 가슴을 쓸어내렸다. 하지만 이상행동은 계속되었다. 현관의 신발을 자꾸 방으로 가져갔다. 신발장에 넣어 놓은 신발까지 꺼냈다. 마침내 오빠가 중문에 잠금장치를 달았다. 엄마는 열리지 않는 중문을 틈만 나면 흔들었다. 어디서 그런 힘이 나오는지 잠금장치가 떨어지곤 했다.

그날 밤도 엄마는 자지 않고 중문 앞을 서성거렸다. 나는 조용히 중문을 열고 엄마의 신발을 꺼내 비닐에 담아 엄마 머리맡에 두고 잠을 청했다. 얼마를 잤을까. 온몸을 잡아당기는 힘에 눌려 눈을 떴다. 신발을 신고 보따리를 든 엄마가 '날 좀 울릉도 데려다 주이소' 하며 내 팔을 잡아당긴다. 밥 먹고 가자며 겨우 엄마를 달래 함께 아침을 먹고 옷을 갈아입혔다. 요양보호사가 약을 먹이는 사이 보따리를 풀어 본다. 휴지, 흰 가제손수건, 티셔츠가 전부다. 어느새 내 손에서 보자기를 뺏어 가 다시 야무지게 묶는다. 울릉도 가자고 또 조른다.

"엄마, 울릉도에 아무도 없는데 뭐 하러 갈라고 하노?"

"큰아 밥해야지, 물에 갔다 올 때 됐다."

엄마가 기를 쓰고 울릉도에 가려고 하는 이유가 큰오빠 밥 때문이라는 사실에 놀란 입이 다물어지지 않는다. '맨날 큰아들 밥 걱정이에요.' 언니의 말끝에 씁쓸함이 묻어난다. 3년째 머물고 있는 이 집에서 작은오빠와 올케언니가 누군지도 모르는 엄마가 큰아들만 찾아 언니한테 민망해진다.

엄마, 울릉도 가자. 한 손에는 보따리를 들고 한 손으로는 엄마 손을 잡고 현관문을 나선다. 기역자로 허리가 구부러진 엄마 키가 내 허리춤이다. 화단 끝까지 가면 울릉도다. 벤치에 앉아 큰오빠와 영상 통화를 한다.

"아저씨요, 울릉도 배는 가는교." 엄마는 큰오빠를 알아보지 못한다.

"어무요, 울릉도 배 안 다니고 어무이 살던 집이 큰물에 떠내려가고 없으니 함부레 울릉도 올 생각 마시고 거 잘 있으소."

"엄마, 울릉도 오니 좋제." "그래." 콧날이 시큰거린다. 엄마 마음속에 있는 큰아는 누구일까?

아버지 돌아가시고 몇 년이 지나서 큰오빠는 부산에 가족을 두고 혼자 울릉도 고향집으로 왔다. 11살, 엄마 품을 떠나 부산 유학길에 올랐던 큰오빠가 중년이 되어 팔순 노모 곁으로 왔다. 엄마는 안채에, 큰오빠는 아래채에 살기 시작했다. 큰오빠는 엄마를 도와 밭일도 하고, 연변에 가서 장도 봐 오고, 동네 어르신들 잔심부름도 하며 평생 엄마 곁에 있었던 자식처럼 생활했다. 엄마는 그런 아들을 위해 삼시 세끼 밥상을 차렸다. 비리다고 잘 드시지도 않던 고기, 생선 반찬도 부지런히 만들었다. 국이나 찌개가 없으면 밥을 먹지 않는 오빠의 식성에 맞추느라 엄마는 분주했다.

나는 꼬부랑 할머니가 된 엄마가 자식이 차려 주는 밥상을 받아야 할 처지에 큰오빠 밥상을 차리는 것이 못마땅했다. 추석이나 휴가 때 고향집에 가면 엄마 앞에서 대놓고 툴툴거렸다. '엄마는 평생을 시어머니, 남편도 모자라 이제는 자식 밥상까지 차리나. 복도 없지.' 엄마가 정색을 했다. '내 먹는 데 숟가락 하나 더 얹는 게 뭐시 어렵다고. 함부로 그런 소리 하지 마라.'

엄마가 뇌졸중으로 쓰러졌다. 그리고 몇 년 지나지 않아 치매가 왔다. 오빠를 위한 엄마의 10여 년의 밥상 차리기는 그렇게 끝이 났다.

당신 머릿속은 텅 비어 가는데 큰오빠 밥걱정만은 놓지 못하는 엄마가 그 당시에는 이해되지 않았다. 그런데 지난겨울 딸을 서울에 보내고 나니 그 마음을 조금은 알 것 같다. 날이 좋아도, 날이 궂어도 딸이 보고 싶었다. 밥을 먹다가도 목이 메었다. 회사는 잘 적응하는지가 궁금해 전화를 하는데도 언제나 첫마디는 '밥 문나'였다.

엄마도 그랬다. 전화도 없던 그 시절, 어린 자식을 바다 건너 멀리 보내 놓고, 밥은 잘 먹고 다니는지, 어디 아프지는 않은지, 걱정과 그리움에 엄마 가슴은 멍이 들었다. 평생 시퍼런 바닷바람을 끌어안고 살았다. 그런 엄마에게 중년이 되어 돌아온 큰아들은 울며 떠난 어린아이였다. 큰오빠를 위해 차린 엄마의 밥상은 헤어져 살았던 지난 세월의 애틋한 마음이었다. 큰아들만은 농사꾼, 뱃사람으로 키우지 않으려고 어린 자식의 등을 떠밀다시피 해서 육지로 내보낸 어미의 미안한 마음이었다. 엄마는 자신의 둥지를, 자신이 가진 전부를 큰오빠에게 내주었다. 엄마 마음이 흡족했으면 그것으로 충분하다.

'큰아 밥해야지'는 걱정이 아니라 엄마의 유일한 낙이었을 것이다. 객지에서 떠돌다 집에 오는 자식을 위해 먹을 것을 준비하는 어미의 심정을 누구보다 잘 알고 있으니. 엄마는 오늘도 큰오빠의 밥상을 부여잡고 하루를 견디고 있다.

아버지의 소

아버지 곁에는 늘 소가 있었다. 아버지는 앞에서 소고삐를 잡고, 나는 그 뒤를 따르며 태하령 고개를 넘고 있다. 춥지도 덥지도 않은 밤이다. 검은 나무들 사이로 달빛이 길을 밝히고 있다. 어느 형편 어려운 농부의 집에서 팔린 비쩍 마른 소는 굽이굽이 고개를 넘어와 아버지의 살뜰한 보살핌을 받아서 일소로 키워졌다. 열일곱에 학업을 위해 집을 떠나기 전까지 아버지로부터 늘 들은 말은 '소 여물 주라'였다. 소는 우리 식구였다. 봄날 산나물 어린순이 밥상에 오르면 억센 대궁이는 소구유에, 자주빛 칡꽃도, 심지어는 내가 찜해 놓은 산딸기도 이른 새벽 아버지 지게에 얹혀 와 소 먹이가 되었다. 겨울에는 무, 감자껍질, 강냉이를 넣고 작두로 잘게 썬 마른 강냉대와 콩대를 섞어 푹 삶은 죽을 먹였다.

겨울 한 철 잘 먹어 퉁실퉁실 살이 오르고 늠름해진 소는 봄이면 아버지와 밭일을 나갔다. 이랴! 워워! 쭛쭛쯔. 아버지의 우렁찬 목소리에 소가 뚜벅뚜벅 걸어가던 봄날, 돌덩이만 뒹굴던 비탈밭은 생명을 잉태할 옥토가 되었다. 파도처럼 일렁이는 고랑에 엄마는 마늘, 콩, 감자, 강냉이를 심었다. 그렇게 우리 밭일이 끝나면 아버지는 소를 몰고 온 동네 밭을 갈러 다녔다. 품삯은 막걸리 한 사발이었다. 아지매가 차려 놓은 밥상도 마다하고 선 자리에서 안주도 없이 막걸리를 한 잔 쭈-욱 들이켜고는 집에 와서 식사를 하셨다. 그런 아버지를 엄마는 늘 '성미도 희안타'고 했다.

앞마당 끝, 제일 볕이 잘 드는 곳이 마구간(외양간)이었는데 아버지는 틈만 나면 소들의 털을 빗기고, 소똥을 치우고, 등에 앉은 파리를 잡으며 소들을 어루만졌다. 소들은 큰 눈을 끔뻑이며 아버지를 다정하게 대했다. 마을의 아재들도 아침이면 건너와 마구간에서 아버지와 이번 소는 인물이 좋다느니, 언제 새끼를 낳는지, 소 나이가 몇 살인지, 언제 밭을 좀 갈아 달라든지 등의 소소한 일상을 나누고 일들을 하러 갔다. 우리 집 마당에는 늘 사람들이 들락거렸다.

소가 봄날의 피로를 푸는 여름날이면 낯선 사람들이 사랑방에 머물곤 했다. 육지에서 울릉도 오징어잡이를 왔다가 오징어 흉년으로 집으로 돌아갈 뱃삯이 없는 아저씨, 배낭여행 온 청년들이었다. 그들은 잠깐씩 머무르면서 소 풀(쇠꼴)을 베고 소죽을 쑬 땔감을 장만했다. 그렇게 여름 한 철을 보내고 뱃삯을 마련한 사람들이 떠났다. 나그네들이 묵을 곳을 찾으면 으레 동네 사람들은 연못집에 가 보라고 했다.

식구처럼 거두던 소도 자식들의 학비로 생활비로 팔려 나갔다. 집을 떠나는 소는 그 큰 눈에 그렁그렁 눈물을 머금고 길게 울었다. 아버지는 차마 소를 바로 쳐다보지 못하고 먼 산을 보고 있었다. 눈빛이 흔들렸다. 내가 고향집을 방문했다가 떠나는 날도 아버지는 소가 떠날 때처럼 늘 먼 산만 쳐다보았다.

아버지에게 있어서 소는 삶이었다. 아버지는 당신의 첫 자식인 큰언니가 시집갈 때 부산까지 가서 예물을 준비하고 혼수로 송아지 한 마리를 덤으로 보냈다. 큰언니는 그 송아지를 키워 시댁 빚을 갚았다고 했다. 나는 아버지의 소로 대학을 마쳤다. 방학 때 집에 가면 소의 눈빛이 슬펐다. 저 중에 어느 소가 이

번 학기에 집을 떠날까 마음 쓰였다. 졸업을 하고 취직을 했다. 소도 잊혀졌다.

오랜만에 첫딸을 업고 여름휴가로 고향집에 갔다. 마당 앞 마구간은 텅 비었고 빈 구유만 덩그러니 놓여 있다. 그사이 아버지도 기력이 많이 쇠약해지셨다. 소로 밭을 갈아서 농작물을 심던 비탈밭은 나물밭으로 바뀌었다. 아버지가 밭을 갈던 동네 땅들은 대부분 육지 부동산 업자한테로 넘어갔고 친구들도 하나둘씩 떠났다. 아버지는 대청마루에 앉아 홀로 술을 드셨다. 텅 빈 마구간을 바라보는 아버지의 눈은 팔려가는 소처럼 슬퍼 보였다. 말을 걸어도 별 말씀이 없었다. 다만 손녀를 무릎에 앉히고는 환히 웃었다. 아버지의 마지막 모습이었다. 그해 겨울 아버지는 우리 곁을 떠났다. 예순여섯 살이었다. 엄마가 전화로 아버지의 임종을 전했다. '너거 아버지는 좋은 데 갔을 끼다. 그렇게 남한테 베풀고 살았으니.' 소들과 함께 일군 비탈밭 양지바른 곳에 아버지가 소처럼 누웠다.

봄이다. 뒷산 오르막길을 오르다 가쁜 숨을 돌리고자 잠시 멈추어 선다. 내가 올라온 산길이 구불구불

누웠다. 불현듯 비탈밭에서 쟁기질을 멈추고 허리를 펴던 아버지 생각이 난다.

라디오 주파수를 맞추며

라디오의 다이얼을 천천히 돌려 주파수를 찾는다. 지지직 소음 사이 뉴스, 영어, 찬송가를 지나 클래식 음악 방송에 다이얼을 고정시킨다. 성난 파도처럼 웅장한 음악을 지나 호수같이 잔잔한 음악이 끝나고 여자 진행자의 나긋나긋한 목소리가 청취자 사연을 읽어 나간다. 순간순간 들리기도 하고 놓치기도 한다. 하루 일과를 시작한다.

퇴직 후 한 뼘만 한 소형 라디오를 구입했다. 거실로 안방으로 서재로 라디오를 들고 다니며 안테나를 줄이고 늘이고, 다이얼을 돌리며 가끔씩 시간여행도 떠난다.

유년의 여름날, 대청마루 괘종시계가 댕~댕 정오를 알리는 종을 칠 때 땀범벅이 된 아버지보다 먼저 라디오 소리가 삽짝문으로 들어왔다. 나는 얼른 나가 아버지의 손에 들린 라디오를 받아 마루에 갖다 놓았다. 부엌에서 엄마가 나와 샘가에서 아버지 등목을 해 드렸다. 정오뉴스를 전하는 남자 아나운서의 목소리가 흘러나오는 대청마루에서 드문드문 양대콩과 보리를 넣은 감자밥에 오이냉국, 콩잎김치, 우뭇가사리 무침으로 점심을 먹었다. 상을 물린 아버지는 큰방 문지방을 목침 삼아 낮잠을 즐겼다. 손바닥만 한 라디오 본체보다 더 큰 밧데리(배터리)를 구리줄로 감은 아버지의 트랜지스터 라디오는 쉼 없이 돌아가고 있었다. 라디오는 그렇게 내 삶 속으로 스며들었다.

고등학교 여름방학이었다. 한여름의 뙤약볕이 쏟아져 내렸다. 대청마루에 앉아 전축에 붙은 라디오를 켰다. 조용필의 '고추잠자리'가 흘렀다. 저만치 숙이네로 가는 흙길에 바람 한 점 없이 열기만이 아롱거리고 강냉이밭도 나무도 정물화 같았다. 숨이 막혔다. 이대로 있다가는 섬의 적막에 갇혀 버릴 것만 같았다. 울릉도를 떠나리라.

교수님 연구실에 들렀다. 울릉도에 계신 부모님을 생각해서라도 써클(동아리) 활동을 그만두는 게 어떻겠냐고, 데모할 처지는 아니지 않느냐고 했다. 사회과

학대 앞을 지나 본부를 거쳐 북문으로 가는 길은 최루탄이 난무했고 덕분에 마음 놓고 울면서 자취방까지 갔다. 라디오를 켜고 누웠다. 써클은 가지 않으리라.

주택 2층 큰오빠네 신혼집 작은방에 백수의 둥지를 틀었다. 매립지에 지은 똑같은 모양의 집들이 레고처럼 앉아 있고 늘 모래바람이 불었다. 신평 새동네라고 했다. 재활용센터에서 라디오를 샀다. 낮에는 유나백화점 스낵코너에서 아르바이트를 하고, 밤에는 라디오를 켜고 공무원시험 공부를 했다. 부산을 떠나리라.

서울 입성은 실패했다. 결국 부산에 주저앉았다. 이 년간의 백수 생활을 끝내고 간 첫 발령지의 관장은 꼰대였다. 9급이 의견을 낸다고, 공무원으로서 복장이 불량하다고 사사건건 트집을 잡았다. 영주동 산복도로를 굽이굽이 돌아 남포동에서 동료들과 술을 마셨다. 깊은 밤 주파수를 찾지 못하는 라디오처럼 내 마음도 새벽까지 지직거렸다.

결혼으로 오빠집을 떠날 때 라디오를 버렸다. 한동안 라디오는 잊었다. 바쁘고 고달픈 나날들이었다. 출산, 육아로 지쳐 갈 때 중고차를 샀다. 출퇴근길에 라디오를 들으며 직장인의 비애를 달랬다.

코로나19 팬데믹이 왔다. 강원도 양양 깊은 산중, 마당에 앉아 엄마와 라디오를 들으며 더위를 식히고 있었다. 어디서 사람 소리가 나노? 엄마, 라디오에서 나는 소리다. 마카(전부) 산뿐이네. 잰만당 우리집 아이가? 여기는 울릉도가 아니고 강원도 작은오빠집이다. 저 산 위에 허연 옷을 입은 사람은 누고? 엄마, 저건 사람이 아니라 구름이다. 구름이 사람 아이가? 어디서 자꾸 사람 소리가 난다. 여기 휴대폰 라디오에서 나는 소리다. 거기에 사람이 사나. 엄마가 신기한 듯 휴대폰을 빤히 본다. 눈물을 찔끔거리며 웃는 나를 따라 엄마도 웃는다.

엄마를 요양병원에 모셨다. 불면의 밤들, 휴대폰이 뜨거워지도록 라디오를 들었다. 출강하던 대학에 사직서를 냈다. 노트북을 펼치고 라디오 다이얼을 천천히 돌려 클래식에 주파수를 맞춘 후 엄마가 봄마다 반찬으로 내던 울릉도 산나물 이야기를 쓴다.

상호 아저씨

형형색색의 만국기가 펄럭인다. '2022년 울릉군민의 날 & 제53회 군민체육대회' 깃발이 나부끼고 드넓은 운동장엔 달리기가 한창이다. 효숙이가 고향 친구들 단톡방에 올린 사진 속 한 장면이다. 옛날 운동회 생각난다는 친구들의 댓글이 쏟아진다. "야, 운동회 하면 상호 아저씨지. 효숙아, 상호 아저씨 왔나?" 라고 묻는 친구에게 댓글을 달았다. "상호 아저씨 몇 년 전에 돌아가셨다." "니는 우째 알았노." "TV에서 봤다." "상호 아저씨 유명 인사였네. TV에도 나오고." 다른 친구가 한마디 한다. "야들아, 상호 아저씨가 우리 친구도 아니고, 친척도 아닌데 상호 아저씨 안부가 다들 궁금하니 유명 인사 맞네."

몇 년 전 상호 아저씨의 부고 소식을 TV에서 들었다. 상호 아저씨 영정사진이 클로즈업되고 내레이션이 흘러나왔다. '울릉도 명물이라면 오징어, 호박엿, 상호 할아버지라 할 정도로 유명했던 할아버지가 82세 나이로 영면하셨다. 장례식은 제일교회 목사님 주재하에 교인과 도동 주민들이 함께 치르며……' 상호 아저씨가 돌아가셨다. TV 화면 속으로 들어갈 듯 한참을 그렇게 앉아 있다가 엄마에게 상호 아저씨 소식을 전했다. "상호 아저씨가 하늘나라 갔구나. 너거 아버지 세상 뜨고 그다음 해 여름에 '박씨 아저씨' 하며 찾아왔더라. 아저씨 죽고 없다고 하니 마루에 한참 앉아 있다가 갔다. 과자 사 먹으라고 천 원짜리 몇 장 줘서 보냈는데 그다음부터는 안 오더라."

상호 아저씨는 아버지 살아 계실 때 도동에 짐 나르는 일거리가 없으면 우리 집에서 한참을 머물다 가곤 했다. 여름 방학 때 집에 가면 아저씨가 반찬은 먹지 않고 밥만 먹는데, 밥그릇이 아니라 서너 사람 먹을 크기의 양푼에 먹었다. 나는 상호 아저씨 배가 터질까 봐 무섭기까지 했다. 개강으로 집 떠나는 내게 상호 아저씨는 '다음에는 내 색시 데리고 와.'라며, 누런 이를 드러내고 천진스럽게 웃었다.

상호 아저씨는 정신지체 장애인으로, 지능은 초등

학교 저학년 수준이다. 울릉군 도동에서 태어나고 자랐다. 꼬맹이부터 어르신까지 그를 모르는 사람이 없었다. 그는 동네 사람들의 친구였다. 그가 골목을 지나가면 상호 아저씨, 어데 가는데, 어디 가요, 말을 걸었다. 밥때면 손목을 잡아당겨 먹던 상에 숟가락 하나 더 놓고 같이 밥을 먹었다.

자그마한 키, 동글동글한 얼굴에서는 늘 미소가 떠나지 않았다. 넥타이를 바지 혁대로 사용하고, 바짓단은 한두 번 말아 올린 채 한겨울을 제외하고는 맨발에 검정 고무신이다. 윗도리는 셔츠를 입거나 아주 헐렁한 양복 자켓을 입고 다니기도 한다. 모두 동네 사람들한테 얻어 입은 옷이라 왜소한 그에게는 항상 옷이 크다. 늘 몸과 옷이 따로 논다.

이 골목 저 골목에서 놀던 상호 아저씨가 바빠지는 시간은 부두에 훼리호가 들어오는 시간이다. 육지 볼일 보러 갔던 주민, 관광객이 훼리호에서 내리면 울릉도 식당으로, 슈퍼로 갈 물건들이 하역작업을 거쳐 화물창고에 쌓인다. 그러면 식당이나 슈퍼에서 상호 아저씨에게 짐을 지고 오라는 심부름을 시킨다. 상호 아저씨는 잽싸게 달려가 짐을 지게에 얹어 작대기를 짊고 골목을 올라온다. 부두에서 짧게는 이백여 미터, 길게는 10여 분 정도, 배달료는 천 원이다. 상호 아저씨에게 천 원짜리 지폐 외에는 돈이 아니다. 천 원을 주머니에 넣고 싱글벙글 빈 지게를 지고 냅다 골목을 달린다. 부지런히 짐을 나른다. 배가 고프면 짐을 날라 준 식당에서 끼니를 해결한다. 태풍으로 훼리호가 다니지 않으면 자주 물건을 날라다 주는 식당으로 가서 일거리를 달라고 조른다. 그럼 바로 앞 슈퍼마켓으로 배추나 콩나물 심부름을 하곤 천 원을 받는다.

사람들은 상호 아저씨한테 배달료를 주면서 집도 사고 색시도 얻고 해야 되니 돈 잘 모으라고 농담을 한다. 어느 날부터 상호 아저씨는 천 원짜리를 흔들며 색시한테 줄 거라고 했다.

짐 나르는 재미로 살던 상호 아저씨가 쉬는 날은 울릉초등학교 운동회 날이다. 드높은 하늘에 흰 구름이 두둥실 흘러가고 만국기가 펄럭이는 운동장에서는 아이 어른 할 것 없이 들떠 있다. 학년별 달리기, 곤봉 돌리기, 복주머니 터트리기가 끝나면 드디어 점심시간이다. 상호 아저씨는 운동장 가장자리를 돌며 먹고 싶은 것을 골라 먹는다.

오후, 드디어 상호 아저씨 차례다. 상호 아저씨가 100미터 트랙에 섰다. 체육선생님이 오른팔에 화약총을 높이 들고, 준비! 땅! 화약 냄새가 진동하면 상호 아저씨가 혼자 달리기 시작한다. 그 넓은 운동장은 상호 아저씨의 세상이 된다. 상호 아저씨를 에워싼 사오백 명의 사람들이 일제히 상호 아저씨를 외친다. 상호 아저씨! 상호 아저씨! 드디어 결승선이다. 1등, 1등이다. 시상대에 오른 상호 아저씨가 금메달을 목에 걸고 상품을 높이 든다. 우레 같은 박수가 쏟아지고 상호 아저씨가 아이처럼 해맑게 웃으며 운동장을 가로질러 나온다. 훗날 할아버지가 된 상호 아저씨는 군민체육대회에서만 달리기를 했는데 특별히 마련한 30미터 정도의 짧은 달리기 코스를 완주했다. 목에 건 메달보다 더 빛나는 웃음은 변함이 없었다.

상호 아저씨는 이제 울릉도 풍경 속에 없다. 도동항 방파제에 잠시 쉬었다 가는 괭이갈매기처럼, 낭떠러지에 깃들어 한 철 피었다가 지는 해국처럼, 자연의 순리대로 살다가 떠났다. 팔십 평생을 섬 밖으로 나가본 적 없는 상호 아저씨는 울릉도가 품은 생명이었다.

울릉도는 그런 곳이다. 바다가, 바람이, 바위가 사람을 품고, 그 사람의 품은 넉넉하다.

풍경은 종종 밀물이 된다

6월 중순, 느닷없이 바람이 천지를 뒤흔든다. 태풍 온다는 소식을 듣지 못했는데 나는 밭가의 마구막나무(마가목)처럼 휘청거리며 신작로에 선다. 저 멀리 파도가 미친 듯이 달려오고 있다. 초여름에 허연 이빨을 드러내며 무섭도록 달려드는 파도가 끊어 버린 뱃길은 나를 섬에 가두어 버렸다.

철없던 시절 울릉도를 벗어나는 것만이 살길인 줄 알았다. 섬에 갇힐까 봐 두려웠다. 섬을 떠나 환갑을 바라보는 나이가 되어서야 인간은 무한한 우주의 작은 섬임을 안다. 나를 가둔 것은 섬이 아니라 자신이었음을 깨닫는다.

유체 이탈한 영혼이 자신의 몸을 바라보듯, 익숙하고 낯선 풍경 속으로 들어간다. 고향집과 비탈밭, 산과 바람이 에워싼 마을, 바다로 굽이치는 길을 걷는다.

내가 평생을 그리워한 풍경이다. 풍경 속 부모님, 친구, 아지매, 초목도 다정하다. 다정한 그들과 손을 잡고 웃음꽃이 피고 이야기가 꼬리에 꼬리를 문다.

내가 태어나 자란 곳은 울릉군 북면 현포 잿만당으로, 밭농사를 짓는 산촌이다. 친가도 외가도 산골에 터를 잡았다. 몇백 년 전 섬에 들어온 개척민들도 바닷가가 아닌 깊은 산골에서 화전을 일궜다. 개척 당시 이주민들이 명이, 깍새, 칡뿌리로 연명해도 바다에서 먹거리 구하는 것을 천하게 여겼으니 농본사상의 피해자였다.

북면과 서면의 경계를 이루는 재 아래 고향집이 있다. 엄마는 여기서 태어나 네 살에 서달령으로 이사 갔다가 이 집에 살고 있는 아버지한테 시집왔다. 엄마는 여름은 시원하나 겨울은 지독히도 춥고, 산속의 물줄기가 집 주위로 흘러들어 농사는 잘되나 습한 집이 견디기 힘들었는지 지관의 말을 빌려 속내를 비쳤다. 우리집 터가 소쿠리 터여서 재물이 소쿠리만큼만 쌓이면 밖으로 흘러넘쳐 부자 되기는 글렀다며 집터를 옮기라는 지관이 있었다고. 아버지는 엄마 말을 수긍은 했으나 집을 옮기지는 않았다.

나는 이곳에서 이십 년을 살았다. 현포국민학교를 다닐 때는 아침마다 친구들의 이름을 부르며 내리막길을 내려갔다. 태하중학교 다닐 때는 중간마실, 웃구역 친구들이 내 이름을 부르며 재를 넘어갔다. 학교는 연변에 있었고 한 시간씩 걸어 다녀야 하는 산길은 아득했다. 흔히 '연변'이라고 하면 중국 조선족자치구를 떠올리는데 울릉도에서 '연변'은 바닷가 근처 평지에 집들이 밀집되어 있는 곳으로, 학교, 우체국, 보건소, 상점 등이 있다. 연변 사람들은 대부분 오징어, 물고기를 잡아 생계를 이었고 잰만당은 농사를 지었다. 연변 사람들은 오징어를 잡아 잰만당 사람들과 바꿔 먹었다. 시절이 변해 오징어잡이가 주산업이 되었을 때 잰만당 아버지들은 강고*를 타고 바다로 갔다.

잰만당은 스무 가구 정도가 왁자지껄하게 살았다. 누구 집에 숟가락이 몇 개인지 다 알 정도였다. 팥죽, 감자떡, 엿, 감주, 막걸리 등을 나눠 먹었다. 엄마와 아지매들은 산나물도 같이 뜯고, 밭일도 함께 했다. 방학 때 친정 나들이를 가면 나는 인사를 하러 마실(마을)

* 울릉도에서 오징어, 생선, 전복 등을 잡을 때 사용하던 나무로 만든 작은 배

을 돌았다. 경자에서 새댁이로 호칭이 바뀌는 동안 마을에는 빈집이 늘어갔다. 엄마가 요양병원 침대에 누워 지내는 동안 아지매들도 자식 집으로, 요양원으로, 저세상으로 흩어졌다. 많은 집들이 헐리고 이제 대여섯 가구만 산다. 언제 떠날지 모르는 사람들로 마을은 불안하다.

원각댁 아지매 집 앞 빨래터로 간다. 나무도 새미(샘)도 흔적 없이 사라지고 차도가 되었다. 포구나무 아래 사시사철 물이 넘치던 새미, 그 앞으로 흐르던 또랑(도랑)이 시멘트 속에 파묻혔다. 여름날 우리는 빨랫거리를 들고 우물가에 모였다. 드문드문 박혀 있는 판판한 돌을 하나씩 차지하고 빨래판으로 썼다. 땀과 먼지로 얼룩져 누르스름한 교복 셔츠에 비누를 칠해 야무지게 비비고 주물러 또랑에 담그면 흐르는 물에 깨끗하게 헹궈졌다. 또랑이 세탁기였다. 셔츠 물기를 탁탁 털어 나뭇가지에 펼치면 온몸이 개운해 하늘로 날아오를 것만 같았다. 쑥색 치마, 양말, 속옷을 빨았다. 마지막으로 걸레는 비누칠을 해서 빨래방망이로 탕탕 두들겨 발로 밟아 구정물을 뺐다. 미끌미끌한 비눗물이 미처 발가락 사이로 빠져나가지 못해 저

절로 춤이 춰졌다. 빨래가 끝나면 또랑에 들어가 서로에게 물을 튀기며 입은 옷이 젖도록 놀다가 젖은 옷을 말리며 집으로 향했다. 늘 동생들 빨래까지 하느라 빨랫거리가 많았던 화야는 잘 있을까. 그 시절 빨래가 놀잇감이고 빨래터는 놀이터였다. 가을에는 포구나무에 올라 까맣게 익은 열매를 따 먹느라 빨래 놀이는 뒷전이었다.

며칠째 바람이 분다. 다람쥐처럼 포구나무에 매달린 가시내들의 단발머리가 바람에 일렁인다. 섬에서 가장 바람이 많은 곳인 집 뒤 재에서 오늘도 풍차가 헛돌고 있다. 바람을 모으라고 세워 놓은 풍차는 무엇 때문에 심사가 뒤틀렸는지 바람은 모으지 않고 굉음만 낸다. 사랑이(진돗개)는 헛도는 풍차 날개 소리를 인적(人跡)으로 착각해 밤새 짖었고 큰오빠는 그런 사랑이를 향해 조용히 하라고 소리를 질러 댔다.

여윈잠에 흙집이 춤을 춘다. 춤사위에는 백여 년 시간의 무게가 전혀 실려 있지 않다. 어디선가 울음소리가 간헐적으로 들린다. 내가 왜 울지. 흙집이 울고 있나. 여기는 어디지. 익숙하고 낯설다.

작은오빠의 왕국

태풍 카눈의 영향권에 든 양양은 삼 일째 비가 오고 바람이 분다. 간밤엔 폭우가 쏟아지더니 아침이 되어서는 부슬부슬 내린다. 더위에 헉헉거리던 마당의 잔디는 연둣빛으로 빛난다. 농장 진입로부터 마당 가장자리를 지나 집을 둘러싼 수십 그루의 마가목 열매가 주황빛을 띤 채 고개를 떨구고 바람을 피하고 있다. 연일 35도가 넘는 폭염에 땅만 보고 다니느라 마가목 열매가 익어 가는 줄도 몰랐다.

지난 4월 울릉도에 갔을 때 부지깽이밭 가장자리뿐만 아니라 산과 길에도 하얀 마가목 꽃이 다발로 피어 발걸음을 멈추게 했다. 울릉도에 지천인 마가목을 양양 작은오빠 농장에서 만나니 고향에 온 듯 반갑다. 햇살을 듬뿍 받은 열매 한 알을 따서 입에 넣는다. 떫은맛 뒤에 단맛이 난다. 9월이면 다홍으로 익어 달큰

해질 것이다.

과자가 귀했던 어릴 적에 많이 먹었던 열매다. 엄마는 가을이면 잘 익은 마가목 열매를 소포로 보내곤 했다. 남편과 아이들은 무슨 맛으로 먹는지 모르겠다고 외면하는 열매를 설탕에 절이거나 말려서 차로 마셨다. 먹을 것이 넘쳐나는 세상에 울릉도의 식재료는 자연 그대로다. 가공된 맛에 길들여진 미각에는 맞지 않는다. 잘 익은 마가목 열매처럼 다정하고 과하게 달지 않은 엄마 사랑이 그리운 날이다.

작은오빠가 양양에 소나무와 잡목이 무성한 사만여 평의 비탈산을 구입해 약초 농장을 만들 거라고 했을 때 울릉도 우리 집 앞산이 생각났다. 5년여간 수십 그루의 마가목이 정원수로 가로수로 자리를 잡았다. 산책로에는 자작나무가 허물을 벗으며 하얀 속살을 드러냈다. 소나무 아래는 산마늘, 쑥부쟁이, 삼나물(눈개승마)이 자라고 있다. 엄나무, 복숭아나무, 생강나무, 배롱나무도 한 자리씩 차지하고 있다. 그 아래는 맥문동꽃, 도라지꽃, 수국, 만삼꽃이 더위에도 아랑곳하지 않고 활기차다.

작은오빠는 서울과 양양을 오가며 한옥을 짓고 정

원을 만들고 산에 나무를 심었다. 그 노동, 비용을 생각하면 수지타산이 맞지 않는 일이다. 서울에서 힘들게 번 돈을 왜 이 산에 쏟아부을까? 이 산에 자라는 나무, 꽃, 산나물은 울릉도에서 자라는 것들이다. 오빠는 강원도 산에 울릉도를 입혔다. 빗속에서 나무들은 더 푸르고 꽃들은 고개를 숙이고 애처롭게 떨고 있다. 오빠의 산을 한 바퀴 돌고 내려오며 헤세의 말을 떠올린다. "네가 어떤 관목을 골라 심었더라도 그건 완전히 너의 자유의지에 의한 게 아니라는 사실을 몇 년이 지나서야 알게 된단다. 그 배후에는 어떤 무의식적인 바람, 추억, 필연성이 숨어 있기 때문이지."*

태풍 영향으로 펜션 손님은 예약을 취소했다. 카눈의 위력이 대단하다고 하니 펜션 문단속을 한다. 황토에 편백나무로 지어진 한옥 펜션은 아궁이에 가마솥까지 걸려 있고 장작이 가지런히 쌓여 있다. 보는 것만으로도 마음이 따뜻해진다. 나는 어릴 때 아궁이에 장작을 넣고 넘실대는 불꽃을 보는 것을 좋아했다. 산속이라 추위가 일찍 오기 때문에 가을부터 펜션을

* 헤르만 헤세, 『헤르만 헤세의 정원일의 즐거움』, 두행숙 옮김, 이레, 2001, 228쪽

이용하는 손님들은 군불을 땐 황토방에서 잘 수 있다. 가마솥을 걸지 않았다면 방이 두 개는 더 나왔을 크기라는 생각을 하다가 피식 웃고 만다.

지금은 입식 부엌으로 개량된 울릉도 집에도 큰 가마솥이 두 개나 걸려 있었다. 오빠도 나도 소나무 산에서 불쏘시개로 쓸 갈비(솔잎)를 모았다. 아버지는 소나무가 아까워 잡목을 땔감으로 갖다줘서 불을 지필 때마다 엄마의 푸념이 이어졌다. 동네 사람 좋은 나무 다 주고 불도 잘 안 붙는 잡목만 갖다준다고. 엄마가 엿을 고을 때는 아버지도 창고에 쌓아 둔 장작을 내놓았다. 겨울이면 엿을 자주 고았던 엄마 덕에 우리 형제들은 방바닥에 덴 흉터 하나씩 갖고 있다. 하루 종일 엿을 고느라 달구어진 구들은 장판을 새까맣게 녹이고 식구들 살 속으로 파고들었다. 한겨울 밤 흙집 방 윗목은 냉골이고 아랫목은 살이 델 정도로 뜨거웠다. 사람 품 안으로 파고드는 고양이처럼 우리는 아랫목에 누워 있다가 데는 줄도 모르고 곤한 잠을 잤다.

비바람이 대지를 흔들고, 흙냄새가 진동하고 숲이 춤춘다. 오랜 객지 생활의 고단함과 아픔을 꾹꾹 눌러 심은 식물이 숲이 되고 오빠의 우주가 되었다. 농장의 산나물, 꽃, 나무들이 다치지 않게 태풍이 조용히 지나가기를 바란다. 오빠의 팍팍한 서울살이에 농장이 엄마 품처럼 따스한 보금자리가 되기를 소망한다.

고향 친구

사공회는 울릉군 북면 현포국민학교 제40회 졸업생 모임이다. 이십여 명이 일 년에 봄가을 두 번 만난다. 서울, 구미, 부산 전국 각지에 흩어져 산다. 올가을에는 부산에서 모였다. 기장 바닷가 횟집에서 저녁을 먹고 오시리아 해안산책로를 따라 걸었다. 바닷물이 출렁이는 소리, 쌀쌀한 밤공기, 희미한 달빛이 우리들을 고향 바닷가로 데려간다.

1972년 현포국민학교 운동장에서 우리 인연은 시작되었다. 입학식이라고 제일 멋진 옷을 차려입고 가슴에 손수건을 달고 긴장과 설렘으로 그 운동장에 섰다. 잰만당 산비탈만 쳐다보고 자란 내게, 세상에 이렇게 넓고 평평한 마당을 가진 집이 학교라니. 나는 많은 아이들과 근엄한 얼굴로 우리를 둘러보는 선생님, 큰 교실에 놀라움과 낯섦으로 가슴이 벌렁거렸다. 현포연변, 신포구, 추끝, 웅퉁계, 중간마실, 웃구역, 잰만당, 평리, 살강터에서 온 아이들도 서로가 낯설기는 매한가지였다.

아이들은 바다에서 고기 잡고 산촌에서 농사짓는 어부와 농부의 자식들이었다. 하늘 아래 산, 밭, 바다가 내주는 것을 먹고 바람을 견뎌 내는 낮은 집에서 살림살이도 엇비슷해 빈부를 몰랐다. 따스한 날에는 개, 염소, 닭들과 함께 마당과 밭가를 다니며 놀았고 추운 겨울이면 집 안 한편에 짐승들의 자리를 만들고 함께 겨울을 나며 귀천을 몰랐다. 우리는 금세 얼굴을 익히고 이름을 부르며 육 년을 함께 뒹굴었다.

입학식 하루 얌전하게 매달려 있던 손수건을 내팽개친 아이들은 천방지축이었다. 공부시간에 떠들다 선생님한테 걸려 분필 사격을 당해도 매를 맞아도 그 순간뿐, 교실에 앉아 있는 것만으로 학생의 임무를 다했다. 국민교육헌장을 외우지 못해 남겨져도 숙제를 안 해서 손바닥을 맞아도 시험 점수가 낮아도 기죽지 않았다. 선생님이 숫자에 아이들을 가두려고 했으나 그들은 갇히지 않았다. 아이들 세계에서 학교 성적은 대단한 것이 아니었다. 중요한 것은 교실 밖 운동장에서 하는 놀이고 학교 너머 바다에서 벌어지는 일이었다.

그들은 파도를 가르고 헤엄을 쳐서 얼마나 멀리 갈 수 있는지, 바닷물 속에서 숨을 참고 오래 버틸 수 있는지, 짤개받기(공기놀이)를 잘하는지, 발에 걸리지 않고 어떻게 고무줄을 넘을지 골몰하느라 칠판보다 창문 너머 밖을 더 주시했다. 시선을 칠판에 두고 있어도 머릿속은 빼앗긴 딱지 찾을 궁리로 부산했다. 시험 100점이라는 숫자는 높고 멀었지만 주머니 속 유리구슬 개수를 늘리는 일은 식은 죽 먹기였다.

공부, 머시라꼬. 부모님 일손 도와 자갈밭에 미역 널고 오징어 발 떼고 여름날 마당에 멍석 깔고 앉아 고둥, 따개비, 거북손 까먹고 짭짤한 꿈꾸며 자는 거였다. 초봉산 나물 뜯으러 간 엄마 마중 길에 삘뚜, 오디, 머루 따 먹다 보면 저만치 엄마가 보이고 달달하고 행복했다. 바라만 보던 바다를 헤엄쳐 큰오리방구에 오르던 날, 웅퉁계 삼형제 바위 우뭇가사리를 뜯던 날, 빨간 고무 반티(대야)를 타고 이깟대(오징어를 꿰는 대나무)로 노를 저어 구멍섬 뒤 너른 바위에 당도했을 때 아이들은 훌쩍 컸다.

나는 삼 년 전 퇴직을 하고 나서야 사공회 친구들

을 만났다. 사십여 년의 세월이 무색하게 친구들은 어린 날 모습이 남아 있었다. 차돌처럼 반짝이던 아이들이 구멍 숭숭한 현무암 같은 중늙은이가 되었지만 하는 짓은 여전히 천진스럽다. 국민학교 교문을 나서며 헤어진 후 그들이 어디서 무엇을 하며 어떻게 살았는지 묻지 않아도 우리는 서로의 형편을 짐작할 수 있다. 두려움과 설렘으로 여객선에 몸을 싣고 멀어져 가는 섬을 보며 누군가는 다시 돌아올 꿈을 꿨고 누군가는 작별을 고했다. 울릉도 이주민처럼 아이들은 도시의 개척민으로 첫발을 디뎠다.

아이들은 도시의 시멘트 집 한 귀퉁이에 제비처럼 깃들어서야 섬의 흙집이 대궐임을 알았다. 그 무엇도 내 것이 없는 도시에서 지상 위에 방 한 칸을 장만하고 가정을 이루고 어버이가 되고 도시사람이 되었다. 아이들은 도시의 사나움에 휘둘려 얼핏 기죽은 듯 보이지만 가진 것 전부를 걸고 구슬치기, 딱지치기를 하던 어린 날의 명랑함을 잃지 않았다. 학교보다는 바다와 산에서 세상의 이치를 먼저 깨친 아이들답게 말도 행동도 걸림이 없다. 거칠고 투박한 섬을 닮았다. 그들과 함께 있으면 대도시의 호텔에서도, 카페에서도 현포항 비린내가 나고 산나물 알싸한 맛이 난다. 엄마 자궁 밖에서 마신 섬 공기가 골수가 되어 버린 아이들은 촌스럽다. 변함없이 당당한 촌스러움이 멋이다. 친구들이 짠하고 내가 짠하고 또 서로 다정하다.

우리는 코발트빛 바다 속에서 물고기처럼 반짝이던 서로의 몸뚱이를 기억한다. 담장도 울타리도 없이 부모 형제 친척까지 줄줄이 꿰며 안부를 묻는 사이, 일 년에 두 번 얼굴 보는 무심하면서도 반가운 사이다. 우리는 남자도 여자도 아닌 제3의 성, 고향 친구다. 발가벗은 한 무리의 아이들이 바다에서 헤엄친다.

3장

풍경

울릉도 풍경은 종종 밀물이 된다

고대왕국 돌무지무덤에서 생을 배우다

성인봉 북쪽 능선은 초봉산 봉우리를 일으켜 세우고는 힘을 잃었는지 평지를 남기고 바다로 스며들었다. 초봉산 가슴 아래 너른 땅이 바다를 향해 치마폭처럼 펼쳐진 곳, 천 년 전 고대왕국이 터를 잡았던 현포다. 마을 북쪽 치맛자락 끝에 돌무지무덤이 맨살을 드러내고 겨울 칼바람을 맞고 있다. 천 년이 넘는 세월을 견딘 죽은 자의 집, 오로지 크고 작은 돌을 쌓고 끼워 맞춰서 지은 돌무지무덤이다. "울릉군 현포리 고분군 경상북도 기념물 제73호"라는 표지판이 없다면 누구 하나 눈여겨보지 않을 그저 돌무더기다. "이 일대는 울릉도에서 가장 많은 고분이 분포하고 있는 곳"으로 시작되는 안내판은 번진 녹물로 돌무지무덤보다 더 낡아 보인다.

무덤 입구는 바다를 향해 열려 있다. 쪼그리고 앉

아 무덤 안을 들여다본다. 바닥은 돌을 깨서 깔았다는데 천 년 동안 바람이 몰고 온 흙 속에서도 울퉁불퉁 모양새를 드러내고 있다. 양옆 벽면은 크고 작은 돌을 끼워 맞춰 축대처럼 쌓아 올리고 그 위에다 길고 평평한 큰 돌을 통째로 얹어 지붕을 이었다. 길이 7m, 폭 1.2m, 높이 2m라고는 하나 천 년 세월이 쌓인 무덤은 허리를 굽혀야만 들어갈 수 있다. 쪼그린 채로 몇 발자국 안으로 들어간다. 무섭도록 시린 냉기와 어둠에 발이 떨어지지 않는다. 휴대폰 조명을 켜고 비춰 본다. 폭우와 폭설, 태풍 속에서도 천 년을 버틴 돌들이 경이롭다. 지난봄 맨바닥 돌 틈에 깃들었던 풀 흔적이 시간의 변화를 말하고 있다. 저린 다리를 펴고 일어나 무덤 앞으로 펼쳐진 망망대해를 바라본다. 잔뜩 찌푸린 바다는 하늘과 경계가 모호하다. 섬은 산과 바다 경계만 있을 뿐 모든 것이 한데 엉겨 있다.

내가 국민학교 다닐 때만 해도 이 일대는 작은 마을이었다. 73호 돌무지무덤 같은 돌무더기가 여럿 있었고 그 사이사이 곡식을 기르던 밭이, 낮은 집들이 옹기종기 모여 있었다. 어른들은 돌무더기를 고려장*이라고 불렀다. 일하다 돌무더기에 올라 새참을 먹고 나물을 삶아 말리기도 했다. 섬사람들에게 돌무지무덤은 죽음과는 거리가 먼 일상의 장소였다. 73호 돌무지무덤 아래 엄마가 참깨 농사짓던 밭도 그대로인데 돌들만 사라졌다. 돌들이 앉았던 자리는 한 뼘 땅이 되었다. 누가 양봉을 하는지 꿀통 몇 개가 놓여 있다. 엄마는 잰만당 응달 밭에 참깨가 잘 안된다며 큰집 밭인 이곳에 참깨 농사를 지었다.

엄마가 참깨 모종을 심거나 참깨밭 지심(잡초)을 매는 동안 나는 돌무더기 위에서 소꿉놀이를 했다. 큰어머니와 엄마는 도란도란 이야기를 주고받으며 밭일을 했다. 소꿉놀이도 시들해지면 나는 검은 돌담 위에 올라 참깨밭 옆으로 피어나던 하얀 감자 꽃무리와 키 큰 옥수숫대가 바람에 춤추던 초록물결을 한없이 바라보곤 했다. 어린 싹이었던 참깨가 쑥쑥 자라 하얀 꽃을 조롱조롱 단 여름날이 쏜살같이 지나갔다. 어느새 나는 더 이상 소꿉놀이를 하지 않는 아이가 되어

* 울릉도에서 오래된 돌무덤을 일컫는 말로 고려장 설화와는 무관하다.

엄마를 거들었다. 엄마가 낫으로 참깨를 베 놓으면 묶어 단을 만들었다. 저 멀리 대풍령 바다가 저녁노을에 불타고 저녁 짓는 연기가 뭉게구름처럼 피어오를 때 참깨 단을 이고 오르막길을 올랐다.

한때는 왕국으로 번성했고 내 친구집, 친척집이 있던 마을이 텅 비고 몇 가구만 남아 있다. 그중 한 집이 73호 돌무지무덤이 있는 부지깽이(섬쑥부쟁이)밭 주인이다. 언니가 추운데 차 마시러 오라고 손짓한다. 시린 손으로 커피 잔을 감싸고 거실에 앉으니 마당 끝 돌무지무덤 너머로 바다가 한눈에 들어온다. 전망 좋다고 감탄하는 내게 언니가 하소연을 한다. 고려장 때문에 언니 밭을 포함한 이 일대가 문화재 보존지역으로 묶여 집 수리도 못하고 개발도 안 된다고 했다.

오래전 밭주인들이 하나 둘 세상을 떠나고 도시에 있는 자식들은 외지인한테 땅을 팔았다. 포클레인(굴착기)이 돌무더기를 허물어 바다에 던지고 나서야 1400~1500년 전 울릉도에 사람이 살았다는 흔적이라는 걸 알게 되었다. 언니네는 조상 대대로 물려받은 땅을 지키며 농사를 짓고 살았기에 73호 돌무지무덤이 살아남았다. 언니에게는 무덤이 애물단지고 울릉도 역사에 있어서는 귀중한 자산이다.

돌무지무덤 아래 땅을 산 외지인들도 문화재 보존 지역이라 건물을 짓지 못하고 방치해 놓았다. 그 덕분에 이 일대는 내가 뛰놀던 몇십 년 전과 크게 달라지지 않았다. 마음속으로는 다행이라고 생각했지만 속상해하는 언니 앞에서 할 말을 잊은 채 커피만 마시고 일어섰다. "우리 밭 고려장은 새로 지은 현포초등학교 자리에 있던 것에 비하면 초라하지. 진짜 크고 엄청났는데 학교 지으면서 싹 밀어버려서 아깝지."라고 언니가 한마디 한다.

현포리 고분군 73호와 일 킬로미터도 되지 않는 곳에 현포초등학교가 있다. 텅 빈 운동장을 가로질러 수십 개의 계단을 올라 학교 건물 앞에 서서 숨을 고른다. 겨울 햇살이 포근히 내려앉은 운동장 너머는 탁 트인 바다다. 왼쪽으로 고개를 돌리면 73호 돌무지무덤 너머 대풍령이, 오른쪽은 노인봉이 마을을 감싼다. 학교가 지어지기 전 이 일대는 나와 친구들의 놀이터였다. 우리에게는 그냥 돌무더기였던 돌무지무덤이 사방에 있었다. 방과 후 가방을 내팽개치고 놀았다. 동굴처럼 깊고 어두침침한 무덤은 숨바꼭질 놀이에 안

성맞춤이었다. 싱그러운 풀로 뒤덮여 입구마저 구분이 잘 안 되는 무덤 안으로 숨어들면 술래는 이곳저곳을 뛰어다니며 숨은 친구를 찾느라 정신이 없었다. 자주 놀아 무덤의 위치와 구조를 잘 아는 우리는 번갈아 술래가 되었다. 머슴애들과 총싸움도 많이 했다. 말오줌나무를 꺾어 총이라고 겨누고 입으로 총소리를 내며 무덤을 기지 삼아 공격과 방어를 하곤 했다.

돌무지무덤의 추억은 아이들에게만 있는 것이 아니다. 동네 아저씨들은 여름철 오징어잡이가 끝난 후 방 안 가득 마른 오징어를 쟁여 놓고 경찰의 단속을 피해 무덤 안에서 화투를 쳤다. 여러 날 잠도 자지 않고 고기를 구워 먹으며 화투에 열을 올렸다. 돈을 잃은 자의 눈에 핏발이 어리고 빛이 번뜩였다. 여름 한철 밤을 밝히며 잡아 말린 오징어는 식구들 양식이고 자식 학비였다. 천금 같은 오징어를 며칠 만에 화투판에서 날려 버린 고모부는 여러 날 집에 들어오지 않았다. 아버지 중매로 결혼한 고모는 우리 집 대청마루 끝에 앉아 아버지를 원망하며 울었다.

나와 친구들, 아버지와 삼촌, 고모부, 마을 아저씨들의 이야기를 품은, 우산국 역사가 아로새겨진 돌무지무덤은 현포 축항의 초석이 되었다. 천년왕국을 포클레인으로 밀어 버리고 세워진 학교는 조만간 폐교가 된다. 이 땅은 또 어느 투기자의 먹이가 될지 걱정이 앞선다.

현포는 옛사람들의 살림살이 흔적인 토기, 돌사람 등으로 미루어 보아 우산국의 도읍지로 짐작된다. 고대인들은 어느 누구도 주목하지 않은 변방의 땅에 뿌리를 내리고 공동체를 세우고 자연과 더불어 삶을 영위했다. 이들은 삶과 죽음을 마음으로도, 물리적으로도 분리하지 않았다. 살아생전 식구들과 일하던 밭, 그 가운데서도 양지바른 곳을 골라 망자를 모셨다. 지상에 견고한 돌로 지은 죽은 자의 집은 현재를 사는 식구들의 집과 나란히 일상을 공유했다. 73호 돌무지무덤이 지인의 부지깽이밭 한가운데 있는 것도 자연스런 현상이다.

내 어릴 적 우리 집도 무덤으로 둘러싸여 있었다. 집 옆에는 일가친척, 뒤에는 동네 어르신들 산소가 있었다. 엄마는 먼저 떠난 아버지를 우리 밭 중 햇볕이 잘 드는 제당 밭에 모셨다. 늘 두 분이 함께 일하던 밭으로, 저 멀리 대풍령 너머 아득하게 바다가 보였다.

자식들이 혼자 적적하지 않느냐고 물으면 엄마 대답은 한결같았다. "너거 아버지가 저 있는데……." 살아생전 아버지를 정 없는 사람이라고 노래하던 엄마는 이십여 년 제당 밭을 오르내리며 아버지 산소와 정답게 지냈다. 고대인들의 삶과 죽음은 그렇게 엄마의 일상 속으로 스며들었다.

어둠이 내리는 겨울 길을 바람과 함께 걸어간다. 73호 돌무지무덤 근처뿐만 아니라 윗동네도 육지 자본으로 파헤쳐진 채 황폐한 바람만 불고 있다. 공사 도중 발견된 유물로 인해 개발이 중단된 상태다. 그 유물 덕분에 현포는 천 년 전 너른 땅을 유지하고 있다. 73호 무덤 주인은 후손들의 웃음소리가 들리지 않는 터전, 무성한 잡풀 속에 홀로 누워 무슨 생각을 할까. 아득한 옛날 선인들이, 내 어릴 적 부모님 세대가 낮은 집을 짓고 무덤과 일상을 공유했던 풍경을 떠올린다. 높고 높은 인간의 욕망을 낮춘다면 우리는 고대 왕국의 일상을 회복할 수 있을까.

관음도, 새끼 괭이갈매기가 지나다녀요

선창 해변에 부서지는 파도의 포말에 넋을 잃고 있었다. 저만치 관음도가 보인다. 모자를 쓰고 내릴 채비를 한다. 버스가 묘하게 꿈틀거린다. 동작을 멈추고 운전석을 주시한다. 기사님이 서서히 속도를 줄인다. "아이구야, 오늘은 새끼가 여러 마리네." 운전석 뒷자리에 앉아 있던 나는 벌떡 일어나 차창 밖으로 얼굴을 내밀었다. 고동색 털이 송송한 새끼 괭이갈매기 서너 마리가 대형버스를 피해 도로 가장자리로 종종걸음치고 있다. 새끼들이 바람에 휩쓸리듯 도로를 벗어나자 기사님은 익숙한 듯 다시 속도를 내며 말한다. "밤에는 잘 안 보여서 많이 죽어요. 아줌마는 어디서 내려요?" 관음도 정류소에 버스를 세웠다.

버스에서 내리는 순간 아오, 아옹, 아우… 괭이갈매기 울음소리에 귀가 멍멍해진다. 조금 전 지나온 도로에 가 보았다. 간신히 목숨을 구한 채 안전한 곳으로 대피했는지 괭이갈매기 모습은 보이지 않는다. 새끼들은 세상이 궁금하다. 호기심이 섬목 돌산 벼랑을 타고 내려오게 했다. 괭이갈매기 DNA에 새겨져 있지 않은 대형버스는 천적이 아니다. 날 수 있을 때까지 기다릴 수가 없다. 걸어서 바다로 간다. 도로만큼이나 험난한 바다에서 새끼들은 얼마나 울어야 할까. 내게는 분간하기 힘든 저 울음소리가 괭이갈매기들의 음성신호라니, 어미 새는 새끼 소리를 알아듣겠지.

관음도가 코앞이다. 2012년 8월, 가족들이랑 왔을 때 관음도는 사람들을 맞이하기 위해 길을 만들고 있었다. 부산에서 왔다고 하니 연도교만 건너 보라고 배려해 주어서 잠시 올라갔다. 그때 연도교에서 바라본 선창해변, 섬목 주상절리, 비취색 바다, 괭이갈매기들의 비행을 잊지 못해 다시 왔다. 예전에 관음도는 사람도 차량도 없는 괭이갈매기들의 섬이었다. 둥지를 틀고 짝을 짓고 알을 품어 새끼를 길러 내던 곳이었다. 그때는 몰랐다. 오늘처럼 차량과 사람들이 괭이갈매기 생존을 위협하는 존재가 될 줄은.

관음도 매표소로 향한다. 초등학교 아이들이 울릉

군청에 건의해서 세운 "괭이갈매기들의 보금자리, 갈매기 가족 사랑으로 지켜주세요" 팻말이 나른하게 졸고 있다. 2019년 섬목과 저동을 잇는 일주도로가 개통되고 차량 이동량이 많아졌다. 괭이갈매기들은 산란처인 이곳에서 번번이 로드킬 당했다. 천부초등학교 교사와 아이들은 갈매기들의 로드킬 예방을 위해 6월이면 이곳을 지나는 모든 차량들에 손을 흔든다. "새끼 괭이갈매기가 지나다녀요. 천천히 천천히."

6월 하순, 바람에 출렁이는 연도교에서 주위를 둘러본다. 바닷가 갯바위도, 섬목에서 두루봉까지 이어지는 크고 작은 돌산도 괭이갈매기들로 뒤덮였다. 관음도 단애절벽에도 하얗게 깃들어 있다. 수천 년의 세월 동안 바다가 내주는 풍부한 먹을거리, 천적도 인적도 없던 새들의 섬은 관광객과 차량, 푸드 트럭이 뒤엉켜 도심처럼 붐빈다. 8월까지 관광객이 가장 많은 계절이다. 괭이갈매기도 이때는 산란을 하고 알을 품어 새끼를 키운다. 9월 초쯤 어미 새는 새끼들과 바람을 타고 활공비행을 해서 남쪽으로 떠난다.

괭이갈매기가 관광객이 던져 주는 과자를 서로 먹으려고 공중에서 요란하게 퍼드덕거린다. 그 와중에서도 무심히 나무 데크에 앉아 있는 갈매기가 신기해 휴대폰을 들이댄다. 귀찮게 하지 말고 갈 길 가라는 듯이 미동도 않더니, 한 발짝 더 다가가니 푸드덕 날아오른다. 괘액괘액 소리 지르며 떠난 괭이갈매기가 시야에서 사라질 때까지 나무 데크에 서 있었다. 무심코 한 내 행동 때문에 갈매기는 편히 쉬지 못했다. 당초 관음도는 괭이갈매기들의 터전이었다. 타자의 집을 방문하면서 잠시 내가 손님임을 잊었다. 울릉도에 살고 있는 뭇 생명과 인간의 조화로운 공생에 대해 곰곰이 생각하면서 계단을 내려간다.

태하 성황당에서 하심을 얻다

태하동 마을 한가운데 소나무 숲에 성황당이 있다. 중학교 3년 내내 이곳을 지나 학교를 다녔다. 성황당 앞마당은 감히 들어갈 엄두를 내지 못하고 주로 뒷마당 소나무 아래서 놀았다. 늘 바람이 불었고 특히 여름에는 사람들로 붐볐다. 하교 후 친구들과 교복 치맛자락으로 흙바닥을 쓸며 공기놀이를 했다. 옆에는 어르신들이 장기를 두고, 아이들은 술래잡기를 하느라 왁자지껄했다. 성황당 뒷마당이 마을의 쉼터였고 놀이터였다면 앞마당은 함부로 들어설 수 없는 신성한 기운이 감돌아 경외감을 불러일으키는 장소였다.

음력 3월 1일 성하신당 기원대제를 보러 왔다. 40여 년이 훌쩍 지나서야 성황당 앞마당에 섰다. 정갈한 모습으로 제사상을 차리고 있는 어르신께 인사를 하고 조심스레 신당 안을 들여다본다. 울릉도 수호신과 마주친다. 검은 두건을 쓰고 흰 저고리에 옥색 바지를 입은 남신은 책상다리를 하고 앉아 있다. 여신은 쪽머리를 하고 노랑 저고리, 초록색 치마를 입고, 꿇어 앉은 무릎 위에 두 손을 공손히 모았다. 곱게 화장한 남녀 석고상은 손톱도 붉게 칠했다. 갓 혼인한 신랑 신부 같다. 어린 시절 감히 들여다볼 수 없었던 신이 너무나 평범한 모습이어서 슬쩍 웃음이 난다. 거친 바다에서 하루하루를 살아 내야 했던 섬사람에게 신은 먼 곳에 있지 않았다. 언제든지 달려가서 속내를 보일 수 있는 동무고 낭군이고 색시였기에 친근한 모습으로 형상화했나 보다.

신상 앞에는 향로와 촛대, 참배객들이 바친 쌀, 소주, 막걸리, 과자가 놓여 있다. 안쪽에는 색동 치마저고리, 쾌자, 한복이 횃대에 걸려 있고 목화, 꽃신도 가지런히 놓여 있다. 전설 속 어린 신이 자라 결혼을 하고 분가를 해서 사는 곳이 섬사람들의 집안 풍경과 별반 다를 바가 없다.

조선 태종 때인 1417년, 울릉도 거주민을 육지로 이주시키기 위해 온 관리 김인우에게 출항 전날 해신이 꿈속에 나타나 동남동녀(童男童女)를 섬에 두고 떠나라고 한다. 꿈을 무시하고 출항하였으나 풍랑으로 인해 갈 수 없게 되자 김인우는 어린 남자아이, 여자아이에게 숙소에 가서 필묵을 가져오라고 심부름을 보낸 후 출발한다. 순식간에 파도는 잠잠해지고 김인우는 순풍을 타고 섬을 떠난다. 8년 뒤 다시 울릉도에 오게 된 김인우는 두 아이가 서로 껴안은 채 백골이 되어 있는 걸 발견하고 그곳에 사당을 짓고 제를 올렸다고 한다. 훗날 섬사람들은 바다를 잠재우는 동남동녀를 기리며 '성하지남신위(聖霞之男神位), 성하지여신위(聖霞之女神位)' 위패를 모시고 매년 제사를 지냈다.

1969년 3월, 섬 사람들은 전설 속 동남동녀를 혼인시켰다. 이듬해 혼인 기념으로 경주 조각가에게 의뢰해 석고로 신상(神像)을 만들고 봉안식을 올렸다. 몇 년 후에는 성황당(城隍堂)을 성하신당(聖霞神堂)으로 개칭해 그 위상을 높였지만 섬사람들은 변함없이 성황당이라고 부른다. 주민들은 성황당을 이웃집처럼 드나들며 바다의 안부를 묻고 근심걱정을 털어놓았다. 요즘도 오징어잡이 배부터 여객선까지, 처음 배를 건조해 출항하기 전에는 성황당에서 안전과 풍요를 기원하는 제사를 지낸다.

제사상에 음식이 푸짐하게 차려졌다. 밥, 탕, 돼지고기, 떡, 삼색나물, 문어, 북어, 볼락구이, 과일, 참소라와 오징어전, 돌김전도 있다. 상차림을 유심히 보고 있는 내게 어르신이 과일을 제외하고는 모두 울릉도에서 난 것들로 만든 음식이니 꼭 음복을 하고 가란다. 제를 올리기까지 십여 분의 시간이 남아서 성황당 문밖 가게 앞으로 나가니 동네 어르신 대여섯 명이 평상에 앉아 제사를 기다리고 있다. 나도 슬그머니 가게 여주인 옆에 앉는다. 기다림의 시간을 메우는 말들이 두서없이 오간다. 여사장이 주로 말하고 어르신들은 드문드문 말을 거든다.

"제사상에 돼지머리는 있던가. 돼지머리가 없디더. 성황당 제사에 돼지머리 올리지 않는 법은 없는데. 음식은 누가 장만했는교. 울릉문화원에서 알아서 제를 지내니 도동에서 준비했겠지. 음식도 양이 많지 않아서 음복에 한 점씩 먹으면 없겠다. 음복하고 새빛식당에 소고기국 삼십 인분 마련했다고 하니 가서 먹으면 되지. 성님들은 다 어디 갔는교. 나물 손질하러 갔어. 지난번에 물질하던 사람이 죽고, 나물하러 갔다 죽고, 동네 사람이 이리 많이 죽은 해는 없었는데. 마을에서 제사를 지내지 않아서인가. 교회 다니는 사람들은 마카 미신이라고 하는데 그건 아니제. 오늘 군수는 오는가." 가만히 듣고만 있었는데도 마치 그분들과 깊은 대화를 나눈 듯한 묘한 기분이 들었다.

내가 짐작하는 나이로 보나 오가는 말로 보나 이 분들은 태하 연변 토박이다. 오랜 세월 바다에는 용왕님이, 산에는 산신이 있다고 믿으며 성황당에서 제사를 올리는 할아버지, 아버지의 모습을 지켜보며 자랐을 것이다. 수토사*가 배를 정박한 곳, 한때 울릉도 수도였던 태하동은 개척민들이 일찍이 터를 잡은 곳이다. 바다와 산이 내주는 먹거리가 양식이었던 시절, 태하동에 정착한 사람들은 대자연 앞에서 인간이 무력한 존재임을 일찌감치 깨달았다. 바다가 잘 보이는 산삐알(산비탈) 큰 바위에 해신당을, 밭농사를 짓던 산기슭에는 산제당을 만들어 제사를 지냈다. 먹거리를 내주는 너그러운 바다는 아버지와 아들의 생명을 앗아가기도 했다. 산나물이 춤추는 벼랑은 생존을 흔들었다. 섬사람들에게 제의는 나와 이웃을 위한 간절한

* 조선시대 울릉도와 독도 등을 조사하는 관리

기도였다.

11시 30분, 울릉군수를 비롯한 관계자들이 도착하고 마을 어르신들도 신당 앞마당에 놓인 플라스틱 의자에 앉는다. 빨강, 파랑, 검정 제복을 입은 제관과 옥색 두루마기를 입은 집사가 제사상 앞에 섰다. 유사(제당관리자)가 성하신당 연혁을 소개하는 걸로 제사가 시작된다. 초헌관이 울릉도 수호신인 '성하지남신위(聖霞之男神位)'와 '성하지여신위(聖霞之女神位)'에게 분향한 후 술잔을 올리고 물러서자 축관이 제문을 읽어 내려간다.

"절해고도 외로운 섬, 세세연연 축복하옵시고 불굴의 개척정신 면면히 이어지게 하시며 조상대대 생업 터전 만만 년 연장되게 하옵소서. 오징어 조업 터전 풍요로움 내리시고 유별난 농산물로 복된 농민 만드시며 천혜의 섬 온전하게 지키시어 관광손님 나날이 불어나게 하옵시니 이 어찌 성하양심 큰 은덕이 아니리요. 백골난망 그 은덕 만분 보답하고자 울릉군민 정성 모아 분향하고 비옵니다~" 축관이 읽어 내려가는 제문은 바람소리에 끊겼다 이어지고, 신당 앞마당 몇백 년의 세월을 견딘 휘어진 소나무에서는 전설처럼 송홧가루가 흩날린다. 아헌관, 종헌관이 분향을 하고, 술을 올리고 축관이 제문을 태운다. 몇 차례 분향과 절이 이어지고 제사는 끝났다.

바다를 잠재우는 신이 깃든 영험한 땅에 엎드려 절하던 아버지가 떠난 자리에 그 아들이 절을 한다. 아들 또한 노령이다. 아버지의 바다를 품었던 아들이 떠나면 이 성황당은 온전할까. 울릉도 곳곳에 있던 수십 개의 제당은 사라졌거나, 있다고 해도 사람의 발길이 끊긴 지 오래다. 우주여행을 가는 시대에 누군가는 제사를 미신이라 하고 우상숭배라고 한다. 누군가는 깍새(슴새) 잡아먹고 명이나물 뜯어 먹던 사람들의 무지한 행위라고 폄하한다. “제사는 엎드림이다. 삶을 향한 감사와 한계에 대한 겸손, 바로 그 하심(下心), 마음을 내리는 의식이다.”라는 선인의 말처럼 제사는 종교가 아니다. 인간이라고 유세 떨지 않으며 우주만물의 신성(神性)을 믿고 서로의 안녕과 평화를 간절히 기원하는 하심이다. 내 어린 날 태산 같았던 할아버지, 아버지, 삼촌도 제당에서 무릎을 꿇고 엎드려 두 손 모았다. 대자연 앞에 낮아지고 낮아진 인간의 모습은 경이로웠다.

태하 마을 주민들보다 관공서 관계자가 더 많은 성황당을 뒤로하고 현포령을 넘었다. 우리 집 밭 끝자락에 있는 제당에 들렀다. 섬바디와 잡초, 부러진 나뭇가지가 얽히고설켜 접근이 쉽지 않다. 간신히 숲속으로 들어가니 함석으로 지은 제당은 무너지지 않고 있다. 문짝은 떨어지고 낡은 신위종이가 펄럭거리고 거미줄이 가득하다.

정월 보름이면 마을에서는 돼지를 잡고 하얀 쌀밥을 짓고 음식을 장만해 이곳에서 제사를 지냈다. 제사가 끝나면 마을 사람들은 음식을 나누고 농악놀이를 했다. 시끌벅적하고 풍요로운 날들이었다. 아이들은 나무가 울창한 제당에서 술래잡기, 말뚝박기를 하고 놀았다. 포구나무 팔뚝에 매달려 그네를 타면서 바다 건너 다른 행성을 꿈꿨다. 어른들은 나무그늘에서 새참을 먹곤 했다. 제당에서 제사를 지내던 아버지도 아버지의 친구들도 세상을 떠났다. 그네타고 술래잡기 하던 아이들은 섬을 떠나 육지에서 삶을 꾸렸다.

사람들의 마음을 하나로 모으던 제의는 전설이 되고 섬 곳곳의 해신당과 산제당은 나무와 새들의 터전이 되어 가고 있다. 제당은 하늘과 땅, 바다와 산, 풀과 돌이 인간보다 먼저 섬에 깃든 생명임을 귀하게 여긴 어버이의 하심이 담긴 웅숭깊은 자리다. 태하 성황당의 안녕을 기원한다.

울릉도 바닷길

울릉도 갈 채비로 분주한 오후에 여객선 직원으로부터 전화를 받았다. 6월 7일 오전 포항에서 울릉도로 가는 썬라이즈호는 강풍주의보로 출항할 수 없으니 예매를 취소해 주겠다고 했다. 나는 예매를 취소하지 않고 강풍주의보가 해제되는 이틀 뒤로 날짜 변경을 원했다. 그날은 배표가 이미 예매 완료되어 삼 일 뒤에야 가능하다고 했다. 확 취소해 버리고 싶은 마음을 억누르고 삼 일 뒤로 연기한 다음 전화를 끊었다. 울화가 치밀었다. 혼자 씩씩거리며 싸고 있던 여행가방을 발로 찼다. 열여덟 살 때 처음 포항행 배를 타고 나온 지 40여 년이 다 되어 가는데 여전히 울릉도는 파도가 높으면 갈 수 없는 곳이다.

비행기만 타면 세계 어느 곳이든 갈 수 있고, 기차나 자동차로 우리나라는 하루 만에 갈 수 있는 세상에 울릉도는 오로지 바닷길밖에 없다는 사실에 속이 부글부글 끓는다. 세상을 삼켜 버릴 듯한 바람이 함석지붕을 때리고 집채 같은 파도가 일어서면, 모든 길이 막혀 무한정 기다리는 것을 숙명처럼 받아들이고 살았던 그 시절의 서러움이 느닷없이 폭발한다.

어느 해 질 무렵, 저녁밥을 짓던 엄마는 큰외삼촌으로부터 외할아버지께서 운명하셨다는 전화를 받았다. 편찮으셔서 부산 병원에 가셨는데 결국은 울릉도 집으로 돌아오지 못했다. 엄마는 가마솥에 장작불을 때면서 시뻘건 불보다 더한 울음을 토했다. 더 기가 막히는 일은 며칠째 강풍주의보로 엄마가 외할아버지 장례식에 갈 수 없었던 것이다. 엄마는 몇 날 며칠 곡기를 끊고 몸져누웠다. 어린 나는 엄마 곁에서 훌쩍였다.

1995년 음력 12월 28일 울릉도는 눈보라가 휘몰아쳤고 아버지는 피를 토하고 의식이 희미해졌다. 울릉도의 유일한 병원인 울릉의료원 의사는 설을 가족과 보내기 위해 육지에 가고 없었고 아버지는 엄마 품에서 돌아가셨다. 전화로 아버지의 임종 소식을 듣고 우리 형제들은 부산에서 서울에서 포항으로 달려갔지만 태산 같은 파도에 가로막혔다. 포항여객터미널 앞

시퍼런 바다에 정박해 있는 배의 닻줄을 풀어서라도 가고 싶은 심정이었다. 그해 겨울 파도는 쉽게 잠잠해지지 않았다. 오매불망 자식들을 기다리던 엄마는 7일 만에 동네 사람들과 아버지를 제당 밭에 모셨다. 우리 형제들은 열흘 만에 배를 타고 가서 눈 덮인 아버지 묘 앞에서 가슴을 쥐어뜯으며 대성통곡했다. 울릉도 사람들은 이런 일을 수도 없이 겪으며 섬에 적응했다.

아버지가 떠나고 추석 때마다 휴가를 받아 고향집에 갔다. 남편과 아이들은 시댁에 보내고 배낭 가득 먹을거리를 챙겨 고향 가는 뱃길은 설렘이었다. 그러나 9월의 태풍을 만나면 예외 없이 배가 출항하지 않거나, 태풍 지나간 다음 날 뱃길은 파도가 높아 멀미 때문에 고통의 연속이었다. 지금도 생생히 기억하는 어느 해 추석 귀향길은 생각만 해도 끔찍하다. 그해도 태풍 때문에 예약한 날짜에 들어가지 못하고 태풍이 지나간 다음 날 출항을 했다. 훼리호 2층 뱃머리 좌석에 앉아 멀어져 가는 포항과 바다 전망을 감상하며 여행자 기분을 만끽하는 것도 잠시뿐이었다. 배가 항구를 벗어나자 파도에 널뛰기를 하기 시작했다. 뱃전에 부딪히며 깨지는 파도가 짐승 소리를 낼 때마다 속이 울렁거렸다. 먹은 것을 다 토하고 나니 똥물까지 올라왔다. 멀미약도 소용이 없었다. 의자에서 내려와 바닥에 누웠다. 우르르 쾅쾅, 내 몸이 물건처럼 굴렀다. 의자 다리를 잡고 눈물, 콧물 범벅이 된 채 거의 3시간을 꽥꽥거렸다. 여기저기서 토하는 소리, 살려 달라고 울부짖는 소리, 포항으로 돌아가자는 소리로 아우성이었다. 선원들이 멀미가 심한 분들한테 멀미약을 주며 안전에는 이상이 없으니 마음을 편히 가지라고, 조금만 참으라고 위로하는 소리가 귓가를 스쳤다. 세월호 아이들 생각을 했다. 얼마나 무섭고 두려웠을까. 도동항에 도착했을 때는 거의 실신상태였다. 집에 가서 몸살로 하루를 꼬박 누워서 엄마가 해 주는 밥을 먹었다. '니가 돈 번다고 잘 챙겨 먹지 못해 몸이 허해서 멀미를 심하게 하는 기라. 잘 무야 된다.'고 엄마는 밥상머리에서 주문처럼 되뇌었다. 태산 같았던 엄마가 서울 도심 요양병원에 누운 지 일 년째다.

6월 10일, 큰오빠가 좋아하는 것들로 배낭을 채워 엄마가 없는 고향집에 간다. 새벽 5시에 일어나 부산을 출발해 아침에 포항여객터미널에 도착했다. 발권창구 직원에게 주민등록증을 내밀며 말했다. 1층 출입문 쪽 좌석으로 주세요. 거기가 배의 중앙이다. 2층보다는 1층이, 뱃머리보다는 배의 중앙이 멀미가 덜하다고 큰오빠가 일러 주었다. 멀미약을 먹고 승선했다. 다행히도 날씨는 부드럽고 파도는 잔잔하다. 울릉도식으로 말하면 '바다가 장판 같다.' 3시간 30분이면 도동항에 도착한다는 선장의 안내방송이 흘러나온다. 드디어 출항이다.

내 친구 집으로 가는 학포 길

4월 하순, 태하에서 출발해 학포로 향한다. 천태종 삼도사 마당에 지심(잡초) 매는 여인의 굽은 등이 뙤약볕에 불탄다. “울릉도 생태탐방로 학포-태하 구간” 안내 표지판은 훼손된 채 길가에 덩그러니 서 있다. 숨이 목까지 차는 오르막길이다. 인적 없는 길은 풀에 점령당했다. 길 주변 산을 개간한 부지깽이 밭은 사람이 서기도 힘든 급경사다. 혹여 발을 헛디디기라도 하면 돌처럼 굴러떨어질 것같이 위험천만하다. 엄마, 아지매들 허리가 기역자처럼 굽은 데는 급경사 밭이 한몫을 했다. 허리를 굽히고 다리에 힘을 주어 버틴 결과 나이 오십에 엄마는 관절이 무너졌다. 울릉도 여인의 고단한 삶을 아는지 모르는지 부지깽이가 바람에 춤춘다. 올라온 길을 돌아보며 한숨 돌린다. 저만치 폐교가 된 태하초등학교·중학교, 성황당, 교회가 돌산 품

안에 있다.

20여 분 오르막길을 오르니 산등성이다. 저 멀리 학포 마을이 한눈에 들어온다. 병풍을 두른 듯한 산봉우리 아래 비탈밭과 드문드문 있는 집 사이로 시멘트 도로가 해안가로 꿈틀거린다. 저 집 속에 친구들 집도 여전할까. 다들 떠났으니 집도 사라졌겠지. 중학교 다닐 때 자주 학포에 놀러 갔다. 해안가 집들이 모여 있는 연변을 지나 꼬불꼬불 올라가면 우리 동네보다 큰 마을이 있었고 귀선, 명자, 귀애네 집이 둘레둘레 있었다. 나는 주로 귀선이 집에서 놀았다. 귀선이네는 식구들이 많았던 기억이 난다. 그 많은 식구에 내 입까지 보탰으니……. 귀선 어머니께 식사대접이라도 해야겠다는 생각을 하며 오래된 전화번호를 누른다. 없는 번호란다. 연락처를 수소문해 봐야겠다.

서둘러 길을 내려간다. 길가에는 부지깽이가 지천이다. 여린 잎을 따서 씹어 본다. 쌉싸래하니 풋내가 난다. 산모롱이를 돌아가니 동백꽃이다. 비탈산에 뿌리를 내리고 바람에 뒤틀리고 휘어진 가지 끝에 고개 숙인 채 매달려 있는 붉은 입술, 노란 웃음에 반해 발걸음을 멈춘다. 녹색이 짙다 못해 검은빛을 띠는 이파리 속에 숨어 있는 동백꽃을 마주하기는 쉽지 않다. 몸을 구부려 나뭇가지를 들고 겨우 본다. 동백꽃 꿀을 빨아 먹던 옛 생각에 팔을 뻗는다.

노오란 뽀리뱅이 꽃 무리를 지나니 전호꽃이 흐드러졌다. 절로 탄성이 나온다. 오십 평생에 전호꽃을 만난 건 처음이다. 언뜻 보면 안개꽃 같다. 한겨울 눈 속에 싹을 틔워 이른 봄 울릉도 산나물 중에서는 제일 먼저 얼굴을 내미는 전호. 울릉도 봄맞이는 전호나물로 시작된다. 향긋한 내음과 아삭한 식감은 겨울 묵은지의 시큼함을 물리친다. 여린 줄기와 잎은 사람에게 나눠 주고 봄을 지난 전호는 쑥쑥 자라 이토록 아름다운 꽃을 피웠다. 키가 허리춤까지 오는 것도 있다. 곧게 선 짙은 초록 줄기에서 갈라진 가지마다 연두 잎이 무성하다. 줄기 끝 우산살 모양 꽃가지에서 하얀 꽃이 무리 지어 피었다. 골짜기 아래까지 꽃밭이다. 길은 전호꽃에 파묻혔다. 걸음을 옮길 때마다 흰 꽃 물결이 출렁인다. 애기똥풀꽃이 봐 달라고 살랑거린다. 얼마 가지 못하고 또 멈춘다. 왕매발톱나무 노란 꽃이다. 지난 가을 붉게 익은 열매가 쪼글쪼글한 채 매달려 있는 가지도 있는데 꽃이 활짝 피었다. 나무 한 그루에 생과 사가 공존한다. 섬괴불나무, 섬나무딸기, 마가목에도 하얀 꽃이 한들거린다. 내 생애 이토록 아름다운 길을 걷다니 대자연의 축복이다.

내리막길이라 발걸음이 절로 빨라진다. 학포 연변이다. 오래전 이곳은 여러 척의 고기잡이배와 사람들로 웅성거렸는데 인적이 없다. 스노클링, 보트투어, 체험다이빙을 위한 검은 잠수옷이 걸린 수상 레저 가게가 낯설다. 손님 한 명 없이 음악만 요란한 수상 레저 가게를 지나 자갈밭(몽돌해변)으로 간다. 손가락 한 마디쯤 되는 돌에서부터 주먹만 한 돌, 애기머리만 한 돌이 뒤섞여 있다. 파도가 밀려오고 돌이 구르는 소리에 넋을 빼앗긴다. 천천히 해안을 걷는다. 백 미터도 채 안 되는 짧은 해안은 울퉁불퉁한 돌로 인해 걷기가 쉽지 않다. 찰랑이는 파도에 몸을 담근 돌은 말간 얼굴이다. 자갈밭 넙적방구(너럭바위)에 앉는다. 오래전 학포 친구들이 파도를 타고 놀다 지치면 물속에서 나와 해바라기를 했던 곳, 학포 아지매들이 미역이나 대황을 말리며 잠시 쉬었던 곳. 그들의 음성과 웃음이 들리는 듯하다.

해변 끝 철제 계단을 따라 마을로 올라간다. 경사

심한 바위에 청동으로 만든 학 두 마리가 위태롭게 발을 디디고 있다. 원래는 마을 뒷산이 학 머리처럼 생겨서 학포였는데 세월의 풍파 속에서 학 머리가 무너져 지명의 상징이 사라지자 학 조형물로 대체해 놓았다. 학 조형물 건너편 산비탈에 "임오명 각석문"이 새겨진 바위가 있다. 가위처럼 뾰족하게 솟은 바위는 비바람에 깎이고 갈라져 글자가 희미해 겨우 몇 글자 알아볼 수 있다.

"검찰사(檢察使), 이규원(李奎遠), 고종(高宗)~" 1882년(임오년) 음력 4월 29일 검찰사 이규원 일행 100여 명이 평해(울진) 구산포를 출발해 30일 오후 울릉도 소황토구미(학포)에 첫발을 디뎠다. 고종의 명을 받고 울릉도에 온 이규원 일행의 이름이 새겨져 있다. 비탈에 우뚝 솟은 바위에 새긴 한 자 한 자 이름 속에 그들의 기원도 아로새겨져 있을 것이다. 이규원은 "회오리 바람에 세 척의 배가 대해(大海)에 낙엽처럼 떠돌았다."*라고 항해 일기에 적었으니 무사히 육지로 돌아가고픈 절박함, 혹여 난파 당해 가족 품에 돌아가지 못

* 김도훈, 박시윤, 『우리가 몰랐던 울릉도, 1882년 여름』, 디엔씨, 2019, 19쪽

한다면 훗날 자신들의 발자취를 기억해 주길 바라는 애절함, 일본사람들을 쫓아내고 울릉도에 백성을 이주시켜 영토를 확장하고픈 간절함이 깃든 바위다.

임오명 각석문 뒤쪽으로 올라가면 산왕각이 있다. 이규원 일행뿐만 아니라 오늘날까지 학포에 발을 디딘 대부분의 사람들은 산왕각에 제를 지낸다. 울창한 나무가 그늘을 드리운 산왕각에는 흰 천과 솔잎을 엮은 금줄이 쳐져 있다. 바다가 한눈에 내려다보인다. 무사귀환과 풍어와 안녕을 기원하는 제당은 예측불허의 바다와 병치(절벽)를 오르내리며 목숨을 건 일상을 살아야만 했던 섬사람들의 기도처였다. 세월이 흘러도 인간이 대자연 앞에서는 맥도 못 추는 존재임을 수없이 경험한다. 산왕각은 잘난 척 우쭐거리는 인간에게 자세를 낮추게 하는 겸허의 장소로 오늘도 마을을 지키고 있다. 두 손 모아 머리 숙이고 돌계단을 내려온다.

10여 채 집이 바다를 마주하고 다닥다닥 붙어 있다. 희미한 기억 속에 부모님을 따라 이 골목 어딘가에 있던 큰고모 집에 온 적이 있다. 학포 고모로 불리던 큰고모가 쪽머리를 하고 우리를 반갑게 맞았다. 학포 고모 세상 떠난 지 오래되었으니 고모 집도 사라졌을 것이다. 젊은 사람이 이주해 왔는지 아이 옷이 마당에 걸려 있는 집도 있고 빈집도 보인다. 마을 끝 정자에는 주인을 잃은 바둑판과 바둑알이 뒹굴고 있다.

그 옛날 친구들이 살았던 윗마을로 올라간다. 오솔길은 2차선 시멘트길로 구불구불 가쁜 숨을 몰아쉰다. 시멘트길을 오르니 산길보다 두 배는 힘들다. 그때는 친구들과 이 길을 뛰어다녔는데, 몇 번이나 숨을 고른다. 이규원은 학포에서 잠을 자고 대황토구미(태하)를 향해 길을 떠난다. 지금 내가 걷고 있는 이 산길을 오르며 그는 "봉우리는 높고 가팔랐으며, 바람은 느리고 습했다. 열 보 나아가고 쉬기를 반복했다."*라고 검찰일기에 적었다.

귀선, 명자, 귀애네 집은 도로가 되었고 마을은 여행자를 위한 야영장, 한평생 밭일 물일을 한 어르신이 머무는 요양원이 되었다. 사람 한 명 없는 야영장에는 습한 바람만이 일렁인다. 곧 여름이 오고 캠핑족들로 붐빌 야영장에서 잠시 쉬어 간다. 내가 학포에 놀러 다녔던 80년대 초에는 300여 명 주민들이 살았다고 하는데 지금 50여 명은 될까.

* 앞의 책, 35쪽

왔던 길을 되돌아간다. 마주치는 돌산에 푸르고 빛나는 은백색 잎을 가진 뽈두나무(보리밥나무)가 가지를 늘어뜨리고 있다. 바람에 일렁이는 이파리 사이로 붉은 열매가 보인다. 뽈두다. 그냥 갈 수 없다. 어깨에 멘 가방을 길가에 벗어 두고 돌산 홈 부분에 발을 디디고 엉금엉금 올라간다. 늘어진 뽈두나무 가지를 휘어잡아 꺾었다. 뽈두 몇 알이 달려 있다. 한 발이라도 삐끗하면 굴러 떨어질 판이다. 식은땀이 흐른다. 뒤늦은 후회가 밀려온다. 꺾은 뽈두나무 가지를 들고 기다시피 해서 내려온다. 가슴을 쓸어내리며 뽈두를 따 먹으니 달다. 육지 보리수 열매는 손마디 정도로 굵고 떫은 데 비해 울릉도 뽈두는 크기가 작고 떫은맛이 거의 없다. 대여섯 개의 뽈두를 순식간에 먹어 치운다. 친구들과 교복치마를 펄럭거리며 뽈두 따 먹던 그 시절로 돌아간다. 친구들도 시장에 나온 보리수 열매를 보며 고향 뽈두 생각을 할까. 어느 도시 아스팔트 위에서 학포 바닷가 자갈이 구르는 소리를 떠올릴까. 어디서든 병치 끝 뽈두나무처럼 강인한 생명력으로 뿌리를 내렸겠지.

다시 올지 기약 없는 길을 오른다. 학포 아지매들

이 전호, 부지깽이, 미역취를 뜯으러 다니던 길, 내 친구들의 등하굣길, 학포 고모 집으로 가던 길, 이제 사람의 발길이 뜸하다. 산모롱이를 돌 때마다 추억이 꽃처럼 핀다. 일상을 사는 학포 주민들은 버스로, 승용차로 다닐 것이다. 이 길은 누구의 발걸음으로 이어질까. 울릉도를 찾는 여행자들의 발걸음으로 길이 살아남길 바란다. 내딛는 걸음마다 풀과 산나물과 나무가 따라올 것이다. 그 향내, 자태에 취하노라면 자연과 교감하는 물아일체의 경지에 이르게 될 것이다. 온전히 울릉도를 만나는 길이다. 어느새 출발지점에 도착했다.

미역 줍고 돌김 뜯으러 다니던 향나무재길

얼마 만인가? 현포 잰만당 여자들이 돌김 뜯고 미역 주우러 다녔던 길, 향나무재길의 시작은 원각댁 할머니 집 앞이다. “울릉도 생태탐방로 태하-현포 구간” 나무표지판은 뿌리 뽑힌 채 풀밭에 팽개쳐져 있다. 울릉도 일주도로가 나기 전 마을과 마을을 잇던 길을 복구해 길 안내 표지판을 세워 놓았지만 관리는 안 되는 것 같다. 길은 원각댁 할머니 나물밭 사이로 보일 듯 말 듯 이어진다. 할머니도 세상을 떠나고 지금은 아들인 기조 아저씨가 농사를 짓고 있다.

밭길이 끝나니 칡넝쿨에 휘감긴 산딸기가 지천이다. 장갑을 끼고 가시가 있는 산딸나무를 조심스레 당겨 산딸기를 딴다. 산딸기는 한 움큼 입에 털어 넣어야 제맛이다. 새콤달콤한 맛이 혀끝에서 전신을 타고 흐른다. 산딸기 맛에 빠져 한참을 지체했다.

6월 초순, 신록은 더없이 푸르고 사람이 밟지 않은 길은 누런 솔잎이 융단처럼 뒤덮고 있다. 오르막길이어도 마른 솔잎은 미끄러우니 조심조심 오른다. 솔잎 아래 누운 길의 속살은 거무스름하고 육덕지다. 고사리 너른 잎이 발목을 스치고 섬남성이 초록열매를 키우고 있다. 소나무를 휘감은 바위수국 꽃잎이 흰 나비처럼 팔랑이는 너머 언뜻언뜻 바다가 보인다. 열서너 살 친구들과 이 길을 오를 때는 나무가 무성하지 않았다. 뱅치(낭떠러지의 험하고 가파른 언덕) 끝에 서면 끝없는 바다도, 양철지붕을 안은 마을도 한눈에 들어왔다.

개망초, 섬바디가 우거진 길을 헤치며 걷는다. 산뽕나무에 까만 오디가 별처럼 매달려 있다. 노린재가 여유롭게 산딸기 즙을 빨아 먹는 산딸기 군락도 있다. 걸음을 멈추고 노린재를 물리치고 산딸기와 오디를 따 먹는다. 얼마나 따 먹었던지 배가 부르다. 어릴 적 뽈두와 딸기, 오디를 찾아 쌕쌕거리며 이곳까지 온 이유를 알 것 같다. 엄마도 잰만당 아지매도 큰불(갯바위 해안의 이름)에서 파도에 떠밀려 온 미역을 주워 보자기에 둘러메고 산삐알(벼랑)을 올라 허기진 배를 채웠을 열매다. 손가락 끝에 오디물이 밴다. "울릉도는 지만 부지런하면 굶어 죽지 않는다"던 어른들 말은 맞다.

숲길 끝에 이질적인 시멘트 길이 나타난다. 길옆으로는 돼지풀꽃(섬바디)이 반긴다. 한 줄기 서너 개의 가지마다 꽃봉오리를 달고 있다. 우산살 모양의 꽃줄기마다 흰 꽃이 무리 지어 피어 있다. 꽃줄기 하나만 꺾어도 부케가 될 것 같다.

시멘트 길 끝에는 군부대가 있다. 일반인 출입을 금하는 표지판이 있고 아래로 내려가라는 이정표가 있다. 군부대 쪽으로 가야만 잰만당 아지매들이 돌김 뜯고 미역 줍던 큰불, 작은불로 가는 길이 있는데 한참을 쳐다보다가 돌아선다.

동백나무숲을 지나고 산죽대 터널을 지나 깊은 산속에 집이 있다. 폐가처럼 보이는 집까지 풀을 헤치고 들어가 본다. 희미한 기억 속에 향나무재 고모 집이 남아 있다. 어릴 적 고모 집 마당가에서 떨어진 동백꽃을 주우며 놀았다.

울릉도 유월은 습하고 게다가 흐리기까지 하며 바람이 거세다. 내리막길을 내려오면 사람이 거주하는 듯한 집이 있다. 간밤에 바람이 많이 불어서 감자밭 절반은 감자대가 누웠다. 저만치 향나무가 있다. 몇 년 전 <인간극장> 프로그램에 나왔던 중학교 동창 K네 할머니, 할아버지 집인가 보다. K는 조부모님보다 먼저 세상을 떠났다. 고향에 와서 친구로부터 그 소식을 들었다. 인적 없는 저 집에 K 조부모님이 아직도 살고 있는지 궁금하다. 진입로에 있는 향나무를 손으로 어루만진다. 보라빛 오디물 위에 향나무 향이 스며든다. 향나무가 흔하디흔해서 '향나무재'라고 부르지만 그 많던 향나무는 일본 사람들이 베어 가고, 산불로 사라졌다. 이 향나무가 향나무재를 지키는 마지막 나무가 될지도 모르겠다.

태하등대로 향한다. 태하동에서 모노레일을 타고 올라온 관광객 서너 명과 앞서거니 뒤서거니 태하등대 전망대에 도착했다. 엄마가 김 뜯으러 다닌 소쿠리불 단애 절벽을 돌아 웅퉁계 포구, 현포항 방파제를 내려다보는 노인봉(바위), 평리해변, 송곳산(바위) 절경이 펼쳐진다. 몇 년 전 나무 전망대에서 발아래 바다가 보이는 유리 전망대로 바꾸고 바다 쪽으로 확장했다. 고소공포증이 있는 나는 조여드는 심장을 붙잡고 바람을 헤치며 전망대를 후다닥 걸었다. 무서워서 발 아래쪽은 제대로 보지도 못했다. 소쿠리불을 더 잘 보기 위해 대풍령 전망대로 내려간다.

대풍령은 명성답게 바람이 많이 분다. 나무는 허리가 90도로 굽었고 섬초롱꽃은 바닥으로 얼굴을 숙였다. 대풍령 1전망대에서 소쿠리불이 한눈에 들어온다. 소쿠리 모양으로 생긴 길지 않은 해변과 큰불이라고 불린 갯바위 해안이 대풍령까지 이어진다. 엄마와 아지매들이 타고 다녔을 산삐알을 본다. 돌과 나무가 뒤엉켜 아찔하다. 한발 삐끗하면 생명이 위태로울 것 같다. 미역 줍는 봄부터 돌김 뜯는 겨울까지 저곳을 오르내렸을 생각을 하니 가슴이 아린다. 엄마가 다리 수술을 하기 전까지 20여 년을 다녔으니…….

전망대에서 대풍령을 바라본다. 장엄한 바위 병풍이다. 향나무는 바람을 견디느라 돌 위에 이끼처럼 납작 엎드렸다. 내륙을 향해 낫처럼 휘어진 소나무는 솔방울을 단 채 말라가고 있다. 말라 죽은 소나무처럼 모진 세월을 견뎌 팔순이 되고 구순이 된 잰만당 엄마들은 요양원 침대에서 기역자 굽어진 허리를 폈다.

바람이 지축을 흔든다. 괭이갈매기만이 바람을 타고 비행한다. 바람에 휩쓸려 떨어지기라도 하면 아득한 바다다.

우리들의 해방구,
웅통계 바다

갱년기 불면의 밤, 대도시 아파트 네모난 방 네모난 침대에 누워 대풍령이 품은 웅통계 바닷가를 떠올리곤 했다. 여름 한낮 큰 방구(바위) 그늘에 엄마, 숙모, 올케, 조카들이 둘러앉아 열합(홍합) 밥을 먹으며 도란도란 이야기를 나누고 있다. 나는 그 모습을 카메라에 담으며 환하게 웃고 있다.

뜨거운 태양 아래 출렁이는 파도를 타는 아이, 수경을 끼고 물고기 떼를 쫓느라 정신없는 아이, 나는 자갈밭에 따개비처럼 엎드려 등을 말리고 있다. 종내기(남자아이)야 내 딸딸이(슬리퍼) 우쨌노. 가시나(여자아이)야 내가 숨긴 것 아이다. 아이들 말씨름을 자장가 삼아 설핏 잠이 들었다.

꿈에 그리던 웅통계 바닷가에 왔다. 6월 중순, 오후 6시 해가 대풍령 위에서 금가루를 바다에 뿌린다.

황금빛으로 수평선을 물들인 저녁노을은 파도를 타고 웅퉁계 삼형제 방구에서 부서져 자갈밭으로 스며든다. 자갈밭이 붉게 물들고 따스한 온기가 전신에 퍼진다. 고향집 구들방에 누운 것처럼 몸이 노곤해지고 편안하다. 웅퉁계 바닷가는 내게 집과 같은 곳이다. 집이 가족으로 인한 애증의 공간이라면 웅퉁계는 언제나 조건 없는 환대의 장소다.

아이들 웃음소리에 뒤를 돌아본다. 저만치 길 위에 차박 준비를 하는 가족이 보인다. 그사이 웅퉁계도 많이 변했다. 30여 채의 집을 허물고 '울릉도독도해양연구기지'가 세워졌다. 마을에 남은 집이라곤 두 채뿐이다. 우리가 한 줄로 다니던 소롯길은 시멘트로 포장되어 승용차가 다닌다. 시멘트 길은 해안으로 난입하여 자갈밭 터줏대감이던 큰 방구를 들어냈다.

바람을 타고 오는 고기 굽는 냄새에 허기를 느낀다. 어둠이 깃드는 이 시간, 고디(고둥)도 배가 고픈지 바다 밑에서 방구 위로 올라온다. 바지를 걷어 올리고 물속으로 들어가 큰 방구에 엎드려 손으로 쓰윽 훑으니 한 움큼 잡힌다. 이 방구 저 방구를 오르내리느라 껌껌해지는 줄도 몰랐다.

예전에도 그랬다. 현포 아이들은 여름 한 철 웅통계 바다에서 자갈처럼 새까맣게 여물었다. 아침을 먹고 고무다라이(고무대야) 안에 토마토, 감자, 칼, 성냥 등을 담고 집을 나선다. 잿만당에서 웅통계로 가는 지름길인 고동댁 아지매 집 아래 소나무 무성한 급경사 길을 택한다. 원래는 소나무 산이었는데 잿만당 사람들이 바다로 오르내린 발걸음으로 길이 났다. 내리막을 나는 듯이 내려가노라면 고무신이 훌러덩 벗겨진 줄도 모르고 발이 앞선다. 때로는 나무뿌리에 걸려 넘어져 무릎이 깨져도 개의치 않는다. 일찌감치 온 중간마실, 웃구역 친구들이 물속에서 손을 흔들며 어서 들어오라고 난리다.

물고기처럼 유유히 물속으로 들어가는 숙이와 달리 나는 고무다라이를 튜브 삼아 개구리헤엄을 친다. 우리는 비슷한 모양의 바위 세 개가 나란히 누운 삼형제방구 근처에서 놀았다. 편을 나눠 물싸움도 하고 빨리 가기 시합도 하다 지치면 둘째 방구에 올라가 고무다라이에 담아 온 토마토를 먹었다. 얼굴을 타고 흐르던 짭조름한 바닷물이 입속으로 흘러들어 달큰한 토마토와 간이 맞았다. 마파람에 게 눈 감추듯 먹어 치운 토마토가 못내 아쉬워 입술을 핥았다.

숙이가 셋째 바위로 가자며 나를 물속으로 밀어 넣는다. 개구리헤엄으로 발버둥치며 짠물로 배를 채운다. 그렇게 짠물을 수없이 먹고서야 셋째 방구에 당도할 수 있었다. 셋째 방구에서 친구들과 코를 쥐고 일포(다이빙)를 할 때는 세상을 다 가진 듯했다. 우리에게 삼형제방구는 수영실력의 척도였고 물속에서 오를 수 있는 유일한 쉼터였고 아지트였다. 헤엄치다 지치면 삼형제방구에 따개비처럼 엎드려 넘실대는 바다와 한 몸이 되었다.

태양이 이글거리는 한낮, 우리는 큰 방구 그늘 자갈밭 위에 돌멩이를 쌓아 아궁이를 만들고, 냄비를 걸치고, 소나무 가지에 불을 붙여 감자를 삶는다. 꼬르륵 소리에 일제히 웃음이 터지고 파도도 배가 고픈지 헛웃음 짓는다. 뜨거운 감자를 배불리 먹고 철썩이는 파도소리를 자장가 삼아 낮잠을 잔다. 큰 방구가 그늘을 거두고 이글거리는 태양의 기운이 조금씩 꺾이는 오후가 되면 웅퉁계 바닷가는 아이보다는 어른이 많아진다. 아지매들은 강냉이밭, 감자밭에서 달고 온 흙과 땀을 바다에 씻고 칼 한 자루 들고 방구에 앉는다. 다닥다닥 붙은 따개비, 거북손, 열합을 딴다. 아저씨들은 강고를 타고 전복, 소라를 잡고 대황을 잘라 올린다. 아이들은 삼형제바위에 엎드려 고디(고둥)잡기 놀이를 한다. 수평선이 붉게 물들고 허기에 지친 아이와 밥을 지으러 간 엄마가 떠난 바다는 고요해진다.

웅퉁계 바닷가는 현포 사람들의 해방구였다. 그 바다에 몸을 담그면 아이와 어른, 남자와 여자의 경계가 사라졌다. 엄마 자궁 속처럼 아늑했다. 아이들은 미뤄 둔 숙제도 내일 시험걱정도 잊었다. 어른들은 노름빚도 시집살이도 노동의 고달픔도 접고 파도처럼 하얗게 웃었다. 바다가 내준 미역, 대황, 우뭇가사리, 고디, 따개비, 소라, 전복, 열합을 먹으며 우리는 여름을 건너고 겨울을 견뎠다.

이 바닷가에서 부서지는 파도에 시름을 잊던 엄마와 숙모는 고향을 떠나서 서울과 양양에서 서로를 그리워하다 한 줌 재로 형님, 동서야 반기며 다시 만났다. 엄마는 잰만당 소나무 꼭대기에 앉아 초봉산 소식을 전하고 숙모는 대풍령에서 불어오는 바람에 웅퉁계 안부를 실어 엄마에게 보낸다. 나는 비탈길을 오르내리며 두 분에게 인사를 하고 바다와 산 소식을 전한다.

태하 황토구미에서 웅퉁계로 해안도로가 생길 거라고 한다. 브레이크가 고장 난 자동차가 집 안으로 돌진해 가는 사고를 목격한 것처럼 아찔하다. 수천만 년 전 바다에서 솟아올라 침식의 세월 속에서도 원형을 유지하고 있는 웅퉁계는 신이 준 선물이다. 웅퉁계 바닷가 경관의 훼손이 울릉도 뿌리를 흔드는 것이라고 하면 과장일까. 며칠간의 관광 상품을 소비하는 관광객을 위해 절벽을 깨고 봉우리를 없애고 바다를 메우고 있다. 울릉도는 해체되고 있다. 섬을 일군 선조들이 세상을 떠나고 그들의 삶과 이야기를 품은 장소들이 사라지고 있다. 기억 속 장소를 보존하고 이야기를 들려주는 것이 울릉도 정체성을 회복하는 길이 아닐까.

서달령, 깊은 고요 속에서

나무상자 안에서 한 장의 사진을 발견했다. 부산 공원묘지 외할아버지 비석 앞에서 외할머니와 엄마가 찍은 사진이다. 외할아버지 비석을 가운데 두고 모녀가 나란히 앉았다. 슬쩍 건드리기만 해도 울음을 터뜨릴 것만 같은 엄마와 쪽진 머리에 꽉 다문 입술로 정면을 응시하고 있는 외할머니의 표정이 대조적이다. 각진 이마, 튀어나온 광대뼈, 낮은 콧대, 짧은 목. 누가 봐도 엄마와 딸이다.

엄마는 돌아가시기 며칠 전 가쁜 숨을 몰아쉬며 외할머니를 만났다고 했다. 꿈인지 생시인지 분간이 되지 않는 모양이었다. 사경을 넘어 엄마는 외할머니 손을 잡고 외할아버지, 외삼촌들이 살고 있는 행성으로 갔다. 나는 그녀가 살고 있을 행성을 찾아 무작정 집을 나섰다. 이리저리 헤매다 서달령까지 간다. 서달령은 그녀의 고향이다. 첩첩산중을 돌아 거짓말처럼 마을이 나타난다. 미륵산, 형제봉, 탕갓봉이 병풍처럼 에워싸고 있다. 이런 곳에 평평한 땅이 있다는 게 믿기지 않는다. 오래전 외갓집이 있던 너른 터에 외삼촌이 자그마한 집을 지었다. 문을 밀고 들어서니 외숙모님이 깜짝 놀라며 반겨 맞는다. 오륙 개월 전 남편을 먼저 보낸 외숙모님이 벽 중앙에 걸린 사진을 보며 한마디 한다. '이 집 식구들은 모두 떠났네요. 하늘나라서 마카 만났으니 좋겠수.'

서달령은 산도 밭도 여전한데 사람은 보이지 않는다. 천궁을 캐며 땀을 훔치던 어른들의 모습도, 수확이 끝난 밭에서 천궁을 주워서 과자를 사 먹던 아이들의 뜀박질도 기억 속 풍경이 되었다. 외갓집을 떠올리면 늘 코끝에 천궁냄새가 일렁인다. 엄마가 사 남매의 맏이로 고명딸로 스물두 살까지 살았던 외갓집은 밭 한가운데 있었다. 안채를 중심에 두고 아래채, 곳간이 있는 디귿자 형태로 마당 넓은 집이었다. 집 뒷밭에는 천궁, 당귀, 시호 같은 약초들이, 집 앞에는 들깨와 강냉이, 감자 같은 농작물 밭이었다. 외갓집 사립문을 들어서면 사람보다 약초냄새가 먼저 반겨 주었다. 바람에 일렁이는 초록물결과 신비로운 냄새 속으로 사람들이 고요하게 움직였다. 시끌벅적한 우리 집과 달리 외갓집 식구들은 말소리도 낮고 웃음도 잔잔했다.

마당 끝, 돌배를 따서 한입 베어 먹으며 주위를 둘러본다. 저만치 교회 탑이 보인다. 엄마가 어린 시절부터 다녔으니 백 년이 넘었으리라. 흙길이 차가 다닐 수 있는 시멘트 길로 포장된 것 외에는 달라진 게 없다. 마을을 둘러싼 산은 사십여 년 전보다 더 웅장하다. 옹기종기 모여 있던 집들이 허물어진 자리는 초록이 더 짙다. 약초밭에는 부지깽이가 초록 물결을 일으키고 있다. 차 소리 하나 들리지 않아 강냉대(옥수숫대) 이파리 흔들리는 소리가 선명하다. 돌배나무 자리는 아래채였고 배추밭은 곳간이 있던 자리다. 긴 머리에 동백기름을 발라 한 올 흐트러짐 없이 틀어 올린 쪽진 머리 외할머니와 어린아이가 곳간 문턱을 넘고 있다. 엄마가 도착한 행성이 이곳일까.

엄마가 외할머니 치맛자락을 잡고 드나들며 주전부리를 먹었던 곳간은 내가 외갓집에서 제일 좋아하는 장소였다. 어린 내게 곳간은 신세계였다. 큰 뒤주가 있었고 온갖 곡식들이 가득했다. 벽에는 각종 씨앗(강냉이, 감자, 수수, 지정, 상추 등)과 말린 천궁, 당귀 같은 약재가 매달려 있었다. 박상(강정), 유과, 엿, 밤, 곶감이 담긴 나무 상자는 보고만 있어도 설렜다. 외사촌들과 숨바꼭질을 하다 곳간으로 숨어들면 콩닥거리던 가슴도 그윽한 약재 향에 진정되곤 했다. 숨바꼭질 놀이도 지치면 우리는 외할머니 손을 잡고 곳간으로 가서 달달구리한 것들을 받아먹었다. 외할머니 손은 요술 방망이라 늘 맛있는 것들이 뚝딱뚝딱 쏟아졌다.

모전여전이라고 했던가. 엄마의 살림살이도 외할머니를 쏙 빼닮았다. 바람이 창경(유리문)을 흔들고 흙이 가마솥뚜껑에 뽀얗게 내려앉는 꼴을 못 봤다. 쓸고 닦는 일이 일상이었다. 아무리 바빠도 밥 먹은 그릇을 개수통에 담가 두는 법이 없었다. 손에 물 마를 날이 없었다. 산과 바다, 밭을 종횡무진하며 황소처럼 일했다. 일이 고된 날이면 '비라도 오면 좀 쉬지.' 하다가도 정작 비가 오면 손이 많이 가는 떡, 감주, 팥죽을 만들었다. 콩과 강냉이를 가마솥에 볶았고 콩알 같은 감자를 삭혀 전분을 만들어 수제비를 끓였다. 일 년 내내 조청과 엿이 떨어지지 않았다. 엄마는 어렸을 때 먹었던 음식을 하면서 외할머니에 대한 그리움을 달랬던 것일까.

노년의 그녀는 교회, 머리 파마 하러 가는 날 외에는 밭따개비로 살았다. 누가 시켜서도 돈이 궁해서도 아니다. 밥을 먹듯 일이 몸에 밴 것이다. 이웃들이 경로당에 가서 놀다 오자고 해도 꿈쩍도 안 했다. 일 좀 그만하고 아지매들과 놀라고 권하는 자식들에게 '뭔 자랑이 글치 많은지. 할 말이 뭐가 있노.'하셨다.

사시사철 밭에서 나물을 뜯고 지심(김)을 맸다. 다정다감한 말도 거친 말도 없이 늘 행동으로 표현했다. 서달령을 둘러싼 봉우리처럼 늠름하고 우직했다. 햇빛을 찾아 목을 빼고 허리를 구부린 채 숲을 이룬 초목처럼 고된 노동과 질병의 고통 속에서도 원망도 불평도 없었다. 묵묵히 며느리로, 아내로, 어미로 일상을 살아 냈다. 그녀가 펼친 일상은 비옥해 무수한 생명이 깃들었다. 그녀의 인생은 서달령을 닮아 깊고 고요했다.

울릉도의 몸통,
성인봉에서 시작하다

엄마는 요양병원에서 찰나를 산다. 아무것도 모르는 치매 노인이 아니라 담아 두었던 것들을 하나둘 비우는 중이다. 그녀에게 자식은 놀러오는 손님으로 반가운데 자식들은 이 모든 것들이 낯설기만 하다. 코로나19로 드문드문 만나는 사이 엄마는 많이도 비웠다. 나날이 몸도 마음도 포말처럼 가벼워지고 있는 그녀를 내 가슴에 무겁게 담기로 작정한다. 제의를 올리는 심정으로 그녀가 팔십여 년을 살았던 곳에서부터 출발한다.

울릉도는 바다 깊은 곳에 있던 용암이 솟구쳐 만든 화산섬이다. 수심 2,000m 바다에서 뜨거운 용암이 폭발해 해발 986.5m 성인봉을 만들고는 급하게 주저앉아 버렸다. 여러 번 폭발한 화산은 나리분지를 만들고 알봉을 만들었다. 나리분지를 에워싸고 있는 성인봉은 울릉도의 몸통이다. 위로 솟은 봉우리는 천 미터도 안 되지만 깊은 바다 속에 이삼천 미터의 몸체를 숨기고 있다.

성인봉을 가기 위해서 천부에서 나리분지행 버스를 탄다. 구불구불 오르막길을 올라가는 미니버스 속에서 내 몸은 바닷물처럼 출렁거린다. 뒤로 밀리듯 고갯마루에 올라선 버스가 미끄러지듯 내리막길로 접어드는 순간, 사방이 뾰족한 산으로 둘러싸인 호수 같은 나리분지가 나타난다. 한라산 백록담 같은 화산 분화구지만 물이 고이지 않는 특수지형 덕분에 사람의 터전이 된 이곳은 울릉도에서 유일한 평지이자 고립의 마을이었다. 하늘이 도우면 농사가 잘되어 지상낙원이지만 폭우·폭설이 지나가면 산나물과 섬말나리 뿌리로 목숨을 연명해야 했다.

마을을 벗어나 성인봉으로 향한다. 흙길은 부드럽고 넓고 평평하다. 길 양옆으로는 우산고로쇠 나뭇잎이 손을 흔들고 소나무가 쭉쭉 뻗어 있다. 그 아래 마지름대(말오줌나무) 빨간 열매가 탐스럽고 돼지풀(섬바디)* 흰 꽃이 복스럽다. 봄날 밥상 위에 올랐던 엉거

* 섬바디, 섬단풍나무, 섬말나리, '섬' 자가 붙은 것은 울릉도에서만 자생하는 식물이다.

꾸(물엉겅퀴)는 나물로서 소임을 마치고 꽃을 피우기 위해 힘을 모으고 있다. 성인봉 초입의 식물들과 아는 체를 하노라니 어느새 신령수(약수)에 당도한다. 배낭을 내려놓고 신령수를 한 바가지 마시고 물병에도 가득 담는다. 성인봉까지는 천연기념물로 지정된 원시림보호구역으로 한없이 오르는 일만 남았다. 산비탈 섬단풍, 마구막, 우산고로쇠 나무는 빛을 좇아 몸체가 기울어 쭉쭉 곧게 뻗은 것은 한 그루도 없다. 엄마 손처럼 마디마디 관절이 툭툭 불거지고 허리는 꼬부라졌지만 여전히 당당하게 그 자리를 지키고 있다.

하늘이 보이지 않는 숲을 향해 치솟은 나무 계단 앞에서 발걸음을 멈춘다. 십여 년 전 로프를 잡고 오르내리던 흙길 위에 계단을 놓았다. 등산화 끈을 한 번 더 묶고 심호흡을 한 뒤 첫 계단을 밟는다. 일색고사리, 십자고사리의 초록빛 물결 속에 너도밤나무가 회백색 미끈한 다리를 드러내고 머릿결을 살랑거리며 반겨 맞는다. 섬단풍나무도 손을 흔들어 인사하고 빽빽한 숲을 겨우 통과한 한 줄기 햇살이 존재를 알린다. 아름답다는 말로는 담을 수 없는 숲에 취해 설렘으로 출발했지만 끝이 보이지 않는 계단에 여러 번 주저앉는다. 헐떡이는 가슴, 비워지는 머리, 등을 타고 흐르는 땀, 스틱을 잡은 손에 힘이 빠지고 다리가 후들거린다.

드디어 수백 개의 계단 끝 평평한 뺍쨍이(질경이)등*이다. 전망대에서 쌔근발딱 거친 숨을 고르고 담아온 신령수를 마시며 주위를 둘러본다. 잡풀 낙원이 된 알봉 분지에 한 점 투막집이 천여 년 전 사람이 살았다는 흔적이다. 알봉 너머 송곳산이 새끼손가락처럼 보이고 동해바다도 숨을 죽인다. 나무가 우거져 한 치 앞도 분간하기 힘든 뺍쨍이등 능선을 타고 북면, 서면 사람들은 산나물과 약초, 산삼을 캐러 다녔다. 마을 근처 야산 나물과는 비교가 되지 않을 정도로 깊은 맛과 약성을 지닌 식물들은 비상약이었고 생명을 잇는 음식이었고 자식들 학비였다. 허리춤에 주먹밥을 차고 이 숲에 엎드려 나물을 뜯던 섬 어매와 약초를 캐기 위해 벼랑을 타던 아비의 생이 켜켜이 쌓여 거름이 된 능선에 오래 머문다.

뺍쨍이등에서 섬피나무 고목까지 수풀 우거진 오솔길이다. 십여 분이면 끝나는 평평한 길이 아쉬워 입

* 질경이가 많이 자라는 곳이라는 의미에서 유래한 명칭

안에 엿을 녹여 먹듯 천천히 음미하며 걷는다. 섬말나리 화원이다. 노란색을 머금은 은은한 주황으로 고개를 아래로 떨구었다. 나는 쪼그리고 앉아 나리꽃과 눈을 맞춘다. 뻽쨍이, 부지깽이, 돼지풀 사이에 곧게 선 섬말나리는 6~7월에 꽃이 핀다. 아래서부터 피기 시작한 꽃과 정수리에 매달린 꽃봉오리로 줄기가 휘청거린다. 울릉도 일주도로변에 불타오르는 주황으로 핀 참나리꽃에 비하면 섬말나리는 기품이 있다.

내 기억 속에는 유년기에 먹었던 나리뿌리가 있다. 가끔씩 엄마는 산나물보따리 속에서 검은 흙이 묻어 있는 마늘처럼 생긴 것을 씻고 다듬어 가마솥에 쪄주었다. 하얀 꽃잎 같은 것을 먹으면 감자처럼 팍신팍신했던 것과 말로는 설명할 수 없는 미묘한 맛이 어슴푸레 떠오른다. 간식거리가 넘쳐나는 세상에 깊은 산속에서 자라는 섬말나리를 굳이 캐러 갈 필요가 없어진 후 엄마는 더 이상 나리뿌리를 쪄 주지 않았다. 수십 년 동안 먹어 보지 못한 음식이다.

경사길이 펼쳐진다. 섬말나리가 눈에 밟혀 자꾸 뒤돌아보는데 500~600살 고령의 섬피나무가 어서 오라고 손짓한다. 내 몸보다 더 넓게 높게 속이 텅 빈

섬피나무 고목이 위로는 가지를 뻗고 그 끝에는 잎이 무성하다. 사람의 접근을 막는 나무 울타리에 기대 나로서는 짐작도 할 수 없는 섬피나무의 생존에 감탄과 경외를 보낸다. 섬피나무처럼 하루하루를 살아 내고 있는 요양병원 그녀 생각에 먹먹해진다.

섬벚나무 뿌리가 실타래처럼 엉킨 흙길 끝에 성인수(聖人水)가 기다리고 있다. 약수터 끝에 앉아 주먹밥을 먹으며 허기를 달래고 청량하고 단 성인수를 마시며 힘이 불끈 솟기를 바란다. 성인봉 정상의 마지막 계단, 깔딱고개다. 너도밤나무가 쏟아질 듯 울창한 숲 사이로 점점이 하늘이 보인다. 젖 먹던 힘까지 끌어모아 수백 개 나무계단을 올라 성인봉 정상 비석 아래 장군발자국 앞에 선다. 갓난아기 발만 한 왼발 자국이 돌에 선명하다. 오른쪽 발자국은 육지 어딘가에 있다니 언제 봐도 슬며시 웃음이 난다.

성인봉 정상은 사람의 정수리마냥 폭 꺼져 있는데다 산죽대와 마구막으로 둘러싸여 성인봉 돌표지판이 없다면 산 정상 같지 않다. 뒤쪽 산죽대 사이 전망대에 서니 산과 바다가 한눈에 들어온다. 여지껏 올 때마다 운무와 흐린 날씨로 볼 수 없었던 풍광, 오늘은 섬이 허락한 맑은 날이다.

천 개가 넘는 계단이 두려워 내려가는 길은 도동 방향으로 잡는다. 흙길과 나무계단, 산죽대, 고사리, 너도밤나무 군락을 쉬지 않고 한달음에 내려간다. 너도밤나무를 쓰다듬고 일색고사리 너른 잎과 악수를 하며 친구가 차, 음료수, 막걸리를 파는 쉼터에 당도한다. 굳게 닫힌 문에 육지 출타를 알리는 친구의 손 글씨가 정겹다. 은행나무 아래 평상에 눕는다. 삭신이 쑤시고 싱그런 바람에 스르르 눈이 감긴다. "성인봉까지 갔으면 산삼이라도 한 뿌리 캐 와야지. 내 젊었을 때 엄마랑 산삼 캐러 가곤 했는데 늘 빈손으로 내려왔단다."라며 그녀가 환하게 웃는다.

4장

음식

한 줌 햇살 같은 울릉도 맛의 기억

엄마를 추억하면 음식이 먼저 떠오른다

섬에서 밥을 사 먹는 건 상상도 못 할 일이었다. 엄마는 삼시 세끼 밥뿐만 아니라 새참에 주전부리까지 만드느라 손에 물 마를 날이 없었다. 집에서 밥 먹는 것이 몸에 밴 우리 오 남매는 모이면 외식 대신 집에서 음식을 해서 먹는다. 상에는 울릉도 나물, 생선이 오르고 엄마 음식 이야기로 밥상이 더 풍성해진다.

『울릉군지』 식생활 편에 "1950년경 … 옥수수밥은 당시 중산층이나 먹었다."라고 적혀 있다. 언니, 오빠가 태어난 50년대 초반 섬 생활이 얼마나 궁핍했는지 말해 준다. 그 당시는 생선보다 곡식이 귀해 겨울이면 연변(바닷가) 사람들은 굶는 경우가 허다했다. 연변 사람들은 주로 생선과 산촌의 강냉이, 감자, 보리를 바꿔 먹었는데 겨울에는 생선이 없기 때문이다.

그나마 우리 집은 밭도 넓었고 집 앞에 작은 논도

있었다. 명절이 아니면 쌀밥 먹기는 힘들었지만 강냉이, 감자, 보리는 우리 식구들이 먹기에 충분했다. 하지만 흉년에는 곡식이 모자라 대황, 무우, 명이를 보태야 했다.

50년대 태어난 언니는 강냉이밥이 언선시럽고(진절머리 나고) 60년대 중반 태어나 쌀밥이 귀하지 않았던 나는 강냉이밥도 좋아하고 삶은 강냉이는 환장한다. 냉동실에 강냉이를 쟁여 놓고 먹는다. 작은언니는 엄마가 소풍 갈 때 싸 준 찰밥이 그립다고 한다. 부모님은 주식인 강냉이, 감자를 심고 소량의 잡곡을 집 앞 밭에 심었다. 쌀밥을 싸 주지 못하는 엄마는 별식이라고 잡곡으로 도시락을 쌌다. 언니는 푸르스름한 빛이 도는 차조와 노란 메조에 붉은 수수, 양대 콩을 넣은 찰밥에 마늘장아찌 반찬을 들고 소풍을 갔다. 요즘 같으면 초등학생들이 먹지 않을 잡곡밥이지만 강냉이밥에 질린 언니는 찰밥이 맛있었다. 얼마 전 엄마가 해 주던 찰밥이 그리워 해 먹었지만 그 맛이 아니더라고 한다. 음식은 삶의 추억이고 그리움이다. 언니의 찰밥 추억 속으로 강아지풀처럼 출렁이던 차조와 알이 붉게 익어 가던 수수밭 풍경이 일렁인다.

우리나라에서 일조량이 적고 눈이 많이 오기로 소문난 울릉도에서 겨울은 길고 심심하다. 눈이 적당히 오면 친구들이랑 눈싸움도 하고 썰매도 타지만 눈이 지붕 높이를 넘어서는 폭설이 내리면 사람은 꼼짝없이 눈에 갇힌다. 아이들은 사지를 비틀며 방바닥을 헤엄친다. 엄마는 장골이(남자어른)가 길을 내야 움직이니 방 안에 가만히 있으라고 하며 주전부리를 만든다.

웅퉁계서 퍼다 놓은 모래를 가마솥에 넣어 먼저 달군 후 메주콩을 넣어 긴 나무 주걱으로 볶는다. 흰빛을 머금은 딱딱한 노란 콩이 갈색으로 변하면 박바가지로 퍼내 식힌다. 목을 빼고 기다리던 언니는 채 식기도 전에 훌훌 불어가며 콩을 먹었다. 바삭바삭한 게 정말 맛있었다고 말하는 큰언니의 표정이 아이 같다. 목소리마저 콩처럼 고소하다. 바삭하게 볶은 콩을 조청에 버무려 동글동글하게 뭉친다. 고소하고 달콤한 콩 박상*을 먹다 보면 아버지와 동네 아재들이 길을 뚫어 놓는다. 강아지처럼 흰 눈길을 아이들이 뛰어간다. 눈보다 흰 웃음을 날리며.

* 육지에서는 뻥튀기로 불리나 울릉도에선 조청에 버무린 강정을 박상이라고 한다.

한때 배를 탔던 큰오빠는 누런 이까창대기(오징어 내장탕)* 지진 게 생각난다고 한다. 울릉도 사람은 '이까똥창'이라고도 부른다. 오징어 간에 해당하는 누런 내장을 소금 간해서 보관해 두었다가 겨울에 주로 찌개를 해 먹었다. 오빠는 엄마가 비려서 먹지도 않는 누런 창대기를 맛도 안 보고 간을 딱 맞추던 게 신기하다고 한다. 간식으로는 강냉이 박상(강정)이 생각난단다. 열한 살 어린 나이에 부산으로 유학 간 큰오빠가 집 떠나기 전 즐겨 먹었던 주전부리다. 내가 국민학교 저학년일 때까지 길 건너 대장간 한구석에서 뻥튀기 기계를 한 대 놓고 강냉이를 튀겨 주던 어르신은 고종사촌 숙이네 할아버지였다. 겨울이면 동네 아이들은 자루에 강냉이를 담아 대장간으로 가서 순서대로 놓고 기다렸다. 귀를 틀어막고 기계를 주시하는 우리 앞에 뻥— 소리와 동시에 안개처럼 김이 퍼지고 자루 속으로 강냉이 꽃이 피었다. 아이들은 기계 옆으로 떨어지는 뻥튀기를 주워 먹으며 놀았다. 엄마는 강냉이 뻥튀기로 평상시에는 조청에 버무려 주먹만 하게

* 오징어 일본 발음 이까(イカ)와 창자 비속어 창대기가 결합한 말로, 울릉도 토박이는 오징어 내장탕이란 말을 쓰지 않는다.

뭉친 박상을 만들었다. 설날에는 손님상에 올리기 위해 네모난 모양으로 맵시를 냈다. 큰 나무 되배기(되)에 삼베를 깔고 조청에 버무린 뻥튀기를 넣는다. 삼베 가장자리를 모아서 뻥튀기를 감싸고 그 위에 천을 덮어 발로 평평하게 밟은 후 삼베를 잡아당겨 쏙 빼면 네모난 박상이 완성된다. 굳을 때까지 기다렸다가 가는 톱으로 썰어 손님상에 올렸다.

작은오빠는 꿀꿀이죽이 먹고 싶단다. 이름도 모르고 먹었던 이 음식은 경상도 지역에서 갱시기로 불린다. 멸치도 귀했던 그 시절 찬물에 김치를 넣어 끓으면 찬밥(강냉이밥)을 넣고 감자를 굵직하게 썰어 넣는다. 감자가 적당히 익었을 때 콩나물(안방에서 길렀다)을 넣고 끓으면 먹는다. 국도 죽도 아닌 그 중간의 갱시기를 한 사발씩 배불리 먹고 나면 온몸이 노근노근한 게 세상 근심걱정이 사라졌다고 작은오빠가 말한다. 나는 찬밥 대신 국수 넣은 것을 좋아한다. 오빠는 여름날 된장 풀고 호박 이파리, 애호박, 감자 새알 넣어 만든 장국 생각도 난다며 입맛을 다신다.

엄마는 유달리 감자를 좋아했다. 엄마 입맛을 닮은 나도 감자로 만든 건 뭐든 좋아한다. 엄마는 가마솥에서 전기밥솥으로 바뀌어도 항상 감자 몇 알을 넣어서 밥을 지었다. 식구들 밥을 먼저 푸고 난 후, 주걱으로 톡톡 감자를 깨서 쌀밥과 섞어 먹었다. 엄마가 감자를 깨기 전 젓가락에 감자 한 알을 찔러 주곤 했는데 밥알이 몇 개 붙은 폭신하고 부드러운 감자 맛이 혀끝에 삼삼하다.

엄마는 참으로 감자를 많이 깎았다. 울릉도 여자들 대부분이 그랬다. 오죽했으면 운동회 종목으로 감자껍질을 끊어지지 않고 길게 깎는 게임이 들어 있었을까. 봄이 오면 수분 빠진 감자가 엄마 배처럼 쪼글쪼글해지고 싹이 나도 엄마는 밤마다 감자를 깎았다. 엄마가 해 주던 음식은 자식들에게 피와 살이 되고 고단한 삶을 건너게 한 자양분이 되었다.

전호나물

어느새 봄이다. 당감시장 야채가게 앞에서 발걸음을 멈춘다. 냉이, 달래, 쑥, 미나리, 풋마늘. 봄나물이 한창이다. 하지만 내 고향 봄나물 전호는 보이지 않는다. 봄이 오면 울릉도에서 전호나물 소포가 왔다. 전호나물은 섬을 떠나 육지에 있는 자식들에게 엄마가 전하는 안부이자 울릉도의 봄소식이다. 따스한 온기가 묻은 엄마의 전호 소포가 오지 않은 지 여러 해가 되었다.

우리나라에서 눈이 가장 많이 오는 울릉도, 그 겨울을 견디며 전호는 눈 속에서 싹을 틔워 산과 들의 가장 양지바른 곳에서 얼굴을 내민다. 먼 산에는 아직 희끗희끗 잔설이 보이고 응달진 골짜기에도 눈이 남아 있다. 육지 봄나물이 일정 기간 하우스 속에서 곱게 자라는 반면 울릉도 전호는 산기슭에서 눈비바람을 맞으며 자연의 섭리대로 자란다.

전호 뿌리는 한약재로 쓰이고 줄기와 잎은 나물로 먹는다. 어린 순일 때는 붉은색을 띠고 줄기가 점점 자라면서 연두색으로 바뀐다. 잎은 짙은 초록으로 미나리과인데도 당근 잎처럼 생겼다. 생으로도, 익혀서도, 양념을 치지 않아도 먹을 수 있는 식물이다.

다만 전호는 너무 어리면 잎을 먹을 수 없고, 너무 자라면 줄기와 잎이 질겨지기 때문에 적당한 시기에 뜯어야 맛과 향을 즐길 수 있다. 금방 뜯어서 생으로 먹으면 옅은 한약냄새가 나는데 익혀서 먹으면 향이 더 짙어진다.

정월 대보름, 겨우내 묵은 나물 반찬을 내고 나면 엄마는 바쁘다. 우리 산은 응달이라 전호가 눈 속에서 꿈쩍도 안 해 양지바른 곳으로 전호를 찾아 나선다. 포항, 서울, 부산에서 흩어져 살고 있는 다섯 명이나 되는 자식들에게 울릉도의 봄을 전하고 싶은 마음이 앞선다.

지금이야 파랑주의보가 내려도 다닐 수 있는 카페리선이 있어서 산나물도 이틀이면 택배로 문 앞까지 배달된다. 그러나 예전에는 쾌속선이라 파도가 높으면 배가 출항하지 않으니 사오 일이면 다행이고 일주일씩 걸렸다. 엄마는 전호를 우체국 소포로 보내 놓고 늘 노심초사하셨다. 전호는 다른 나물과 달리 잎이 금방 누렇게 떠서 먹을 수 없기 때문이다.

엄마 속을 태우던 전호가 왔다. 내게 전호는 단순한 먹거리가 아니라 엄마 그 자체, 울릉도다. 검푸른 동해바다를 달려온 소포를 풀어 헤치고 뒷산, 앞산의 흙과 나뭇잎과 솔잎을 털어 내고 전호를 다듬는다. 누렇게 변한 잎을 뗄 때마다 가슴이 저릿저릿하다. 보드라운 것은 생으로, 약간 억센 것은 나물용으로 구분해서 신문지에 말고, 다시 비닐에 넣어 냉장고에 보관한다. 전호는 시일이 갈수록 그 향과 식감이 사라지고 질긴 풀처럼 되기 때문에 빨리 손질해야 한다.

식초에 고추장, 설탕을 조금 넣고 전호 잎은 조금, 줄기를 많이 넣어 통깨를 솔솔 뿌려 버무리는 초무침을 한다. 새콤달콤함이 입맛을 확 돋운다. 씹을 때마다 한약냄새 같은 향과 아삭아삭한 줄기 맛이 일품인 전호 본연의 맛을 즐기려고 생으로 된장에 찍어 먹는다. 그러나 강한 향과 거친 식감으로 많이 먹지는 못한다. 이럴 땐 삼겹살이나 목살을 구워 된장 얹어 먹는 전호

쌈이 최고다. 향긋한 전호 향이 고기누린내와 느끼한 맛을 없애 준다. 여기다 막걸리 한 잔을 곁들이면 금상첨화다. 막걸리에 취하고 전호 향에 취하는 밤이면 엄마가 꿈속에서 웃고 있었다.

전호나물은 생각보다 쉽지 않다. 넓은 냄비에 물이 팔팔 끓으면 전호 잎 부분을 잡고 줄기 쪽부터 끓는 물에 넣고 잠시 기다렸다가 잎까지 밀어 넣는다. 여린 잎의 부드러움과 줄기의 아삭함을 살려서 삶아야 하기 때문이다. 자칫하면 잎의 형체가 사라진다. 삶은 전호를 찬물에 헹궈 듬성듬성 잘라 소금, 집 간장, 참기름, 깨소금으로 조물조물 무친다. 때로는 된장에 들깨가루를 한 숟갈 넣어서 무치기도 한다. 살짝 데쳐 초고추장에 찍어 먹기도 하고, 냉장고에 보관된 전호가 조금씩 억세지기 시작하면 부침개를 만들어 먹는다.

전호부침개는 어렵지 않다. 밀가루를 풀어서 전호를 자르지 않고 길이대로 가지런히 부쳐서 간장에 찍어 먹는다. 이렇게 열흘 정도 아침저녁으로 전호를 먹고 나면 봄이 와 있었다. 그렇게 일 년을 시작하고 삼십 년을 직장에 다녔다.

엄마는 오십 대 중반에 관절염으로 오른쪽 다리를

수술한 후, 나이가 들수록 다리 통증은 심해지고 허리는 굽어 꼬부랑 할머니가 되어도 전호를 뜯었다. 자식들이 세상 좋아져서 시장에서 전호 사 먹을 수 있다고 아무리 말려도 듣지 않았다. 뇌졸중으로 쓰러진 후 혈관성 치매가 진행되어서야 봄이 와도 전호나물을 뜯지 않았다.

내 집 두고 어딜 가느냐고, 아버지 무덤 벌초는 누가 하느냐고 한사코 손사래를 치던 엄마가 여든여덟, 고향 울릉도를 떠나야만 했다. 부산, 포항, 강원도, 서울 자식들 집을 오가며 자꾸 묻는다. 누구냐고. 여기가 어디냐고.

어김없이 봄이 왔고 봄나물은 넘쳐나는데 엄마의 전호는 없다. 기억 속 전호 향과 맛이 입안에 맴돈다. 무엇으로 봄을 시작해야 할까? 시장을 서성인다. 전호 잎과 유사한 미나리 한 단을 산다. 엄마가 더 이상 전호나물을 보내지 않아도 나에게 봄은 울릉도 전호나물로 시작된다.

긴잎돌김 때를 기다리다

울릉도에서 태어나 구십 평생을 섬에 깃들어 살다 섬이 된 엄마 삶의 궤적을 따라간다. 겨울철이면 김을 뜯어 살림에 보태느라 꽁꽁 얼어 버린 엄마의 시퍼런 얼굴이 가슴에 박혀 있다. 12월 31일 11시 50분 포항에서 울릉도행 카페리선을 탔다. 선상에서 일출을 보며 새해를 맞이할 설렘도 잠시, 요동치는 겨울 바다는 오장육부를 흔들었다. 일곱 시간을 달려 마주한 울릉도는 먹구름 속에 갇혀 있다. 몸뚱이를 가랑잎처럼 날려 버릴 듯 바람이 휘몰아치는 항구에 발을 내딛노라니 섬의 겨울이 현실로 다가온다. 섬에서 바람 많기로 소문난 곳, 현포 잿만당 고향집은 여전히 바람을 안고 있다. 엄마가 김을 부치던 마당가 샘은 없어지고 녹다만 눈 한 덩어리가 덩그러니 앉아 있다. 주인을 잃은 집은 쇠락한 채 냉기가 켜켜이 쌓여 있다. 공벌레처럼 몸을 말고 한숨을 잤다.

사십여 년 만에 엄마가 김을 뜯던 웅퉁계 바닷가에 선다. 여름에는 아이들이 젖은 몸을 말리고 겨울이면 여자들이 김을 뜯던 큰 방구(바위)가 말갛다. 안면이 있는 동네 아지매를 찾아가 섬에 온 자초지종을 설명했다. 아지매는 한발 늦었다며 안타까워했다. 12월 초에 마을 사람들이 김을 뜯은 후라 김이 돋을 때까지 기다려야 한다고 했다. 더군다나 날씨가 추워야 김이 돋는데 요새는 날씨가 따뜻해서 옛날처럼 김이 없단다. 나중에 김 뜯으러 갈 때 연락할 테니 절대 혼자서는 김 방구에 가지 말라고 신신당부했다. 예전부터 김 뜯으러 갔다가 파도에 휩쓸려 죽는 사람이 종종 있었기 때문이다.

맥없이 집으로 가는 길에 친척뻘 되는 아지매를 만났다. 차 한 잔 마시고 가라며 내 손을 잡아끌었다. 구순을 바라보는 나이라 김 뜯으러 가지 않는데도 벽에는 초배기*가 걸려 있다. 아지매는 엄마와 함께 김 뜯으러 다녔던 그 시절 이야기를 하며 눈물지었다. 일어서는 내게 깔개 두 개를 건네주며 파도 조심하라는

* 대나무로 만든 작은 바구니

당부를 했다.

섬 남자들은 오징어잡이도 밭농사도 없는 겨울 한 철을 설렁설렁 보냈다. 마당에 쌓인 눈을 치우고 소여물을 썰고 온돌방에서 초배기를 만들었다. 반면 섬 여자들은 겨울이면 집 앞 바닷가에서, 때로는 눈밭을 걸어 멀리까지 김 뜯으러 다니느라 온몸에 칼바람 자국이 선명했다. 울릉도·독도 앞 맑고 깊은 바닷속에서 태어난 김 포자는 집채만 한 파도에 실려와 바닷가 큰 방구, 자갈밭(몽돌) 넓적 방구에 붙어 자란다. 바람이 세고 파도가 높을수록 김은 쑥쑥 자라 방구가 가시내 머리카락처럼 까맣게 반질거린다. 잰만당 여자들은 주로 향나무재 산삐알 아래 바닷가에서 김을 뜯었고 눈이 허리까지 온 날에는 길이 편한 웅퉁계로 갔다.

처마까지 쌓인 눈이 차츰 녹아 설피 없이도 다닐 수 있게 되면 엄마는 아침 일찍 마당에서 바람의 방향을 살핀 후 김 뜯으러 갈 채비를 한다. 주먹밥 한 덩이, 가빠(비옷), 짚신, 깔개*, 초배기를 보자기에 담아 돌돌 말아서 허리에 차고 집을 나선다. 굳이 연락하지 않아도 어느새 동네 아지매들과 앞서거니 뒤서거니 향나

* 함석을 둥글게 오려 가장자리에 홈을 만들어 김을 긁는 도구

무재 산삐알을 타고 내려간다.

썰물의 바다는 김 방구 세상이다. 엄마는 파도를 막을 가빠를 입고 미끄러지지 않게 짚신을 신고 김 방구에 오른다. 왼손에는 김 담을 초배기, 오른손에는 깔개가 들려 있다. 쪼그리고 앉아 방구에 붙어 있는 김을 깔개로 빡빡 긁어 모아 초배기에 담는다. 허리 한 번 제대로 펴지 못하고 이 방구 저 방구를 오르내리며 김을 뜯노라면 어느새 한나절이 지난다. 서서히 파도가 밀려온다. 방구 위로 들이치는 파도와 칼바람에 몸은 얼음장이 되었다. 허기진 배를 겨우 찬밥 한 덩이로 달랜다. 무거운 김 자루를 메고 절벽을 오르고 눈길을 걸어 집에 당도하면 해가 서산에 걸려 있다.

엄마는 밥 먹을 틈도 없이 바로 김을 붙인다. 방구에서 금방 뜯은 김은 검붉은 빛깔로 윤기가 좔좔 흐른다. 하지만 시간이 지체되면 김은 짠물이 그리운지 공기 중의 수분을 빨아들여 검은 빛깔과 형체를 잃고 붉은색을 띠며 녹아 버린다. 빠른 시간 내에 건조를 해야 검은빛이 돌면서 대나무 이파리처럼 긴 잎 모양이 선명하게 살아 있다. 그래야 비싼 값을 받을 수 있기에 엄마는 서두른다.

김은 뜯는 것만큼이나 건조과정도 지난하다. 일반 대야보다 좀 깊은 고무다라이에 김발이 뜰 정도로 물을 담는다. 요즘 김밥 말 때 사용하는 대나무 발보다 서너 배 큰 김발을 물 위에 펼치고 그 위에 네모난 나무틀을 얹는다. 왼손으로는 김발과 나무틀을 잡고 오른손으로는 김을 한 줌 들어 대나무살이 보이지 않을 정도로 펼친다. 대나무 발 사이로 스며드는 물과 엄마 손끝에서 펼쳐지는 김 양에 따라 너무 두껍지도 얇지도 않은 김 한 장이 완성된다. 이때 결정되는 김 두께가 식감을 좌우하기 때문에 맨손으로 작업을 한다. 나무틀을 들어내고 김발을 샘가에 비스듬히 세워 물을 뺀다. 나는 물이 빠진 김발을 들고 햇볕이 잘 드는 우데기, 장작나무 더미, 헛간 앞에 세운다. 마당 가 자귀나무, 동백나무 가지에도 김발을 건다. 한겨울 맑고 시린 바람과 깨끗한 햇살 속에 김이 말라 간다.

김을 너는 틈틈이 가마솥에 물을 끓여 바가지에 담아 엄마 곁에 두었다. 엄마는 김 틀을 잡고 있느라 찬물에 오그라든 손을 잠시 녹이고 펴지지 않는 손으로 다시 김을 붙였다. 김이 많을 때는 샘에서 정지로 고무다라이를 옮겨 밤이 이슥해서야 끝이 났다. 짧은 겨울 햇살에 미처 마르지 않은 김발을 거둬 죽담, 마루, 안방, 작은방에 세우고 걸어 말렸다. 온돌방에서 바다냄새가 났고 파도가 김 방구를 데려가 바다 깊숙이 묻어 버리는 꿈을 꿨다.

밤새 바짝 마른 김은 대나무 발을 양쪽으로 잡아당기면 짜악 소리와 함께 일어난다. 김발을 바닥에 놓고 김이 찢어지지 않게 조심스럽게 발에서 떼 낸다. 김 한 장이 육지 김 두 배 정도 크기다. 김을 펼치고 돌부스러기나 조개류 같은 잡티를 떼고 반을 접어서 열장을 묶어 한 권씩 만든다. 그렇게 만든 김은 습기가 없는 서늘한 갓방에 보관했다가 팔았다. 그 돈은 봄날 식구들 밥이 되었고 오빠 등록금으로, 내 학용품 값으로 요긴하게 쓰였다. 검은 빛깔을 띠며 광택이 나는 좋은 김은 팔고 닭이 쪼았거나 김발이 바람에 넘어져 흠집 있는 것은 식구들이 먹었다.

밖에는 넙디기눈이 소리 없이 쌓이고 정지에서는 김전 굽는 냄새가 진동했다. 마른 김을 잘라 묽게 갠 밀가루 반죽을 묻혀 달군 프라이팬에 노릇하게 지져 먹으면 쫀득쫀득한 식감이 일품이었다. 콩나물과 무나물을 한 그릇에 담고 그 위에 김을 잘게 부숴 깨처럼 뿌려 먹으면 나물에서 바다 냄새가 났다. 참깨가 귀했던 울릉도 엄마들의 지혜였다. 넉넉하게 올린 김가루가 풀어진 떡국 한 그릇을 비우면 엄동설한도 따스했다. 아궁이 숯불에 들기름 바른 김을 구워서 하얀 쌀밥 위에 얹어 먹으면 산해진미가 부럽지 않았다.

영하의 기온은 아닌데 햇살 없는 우중충한 섬 날씨는 견디기가 쉽지 않다. 으슬으슬 한기가 들고 목이 따가워 침 삼키는 것조차 힘들다. 도동의료원에 갔더니 독감이라고 한다. 밥이 넘어가지 않아 사랑방에 군불을 때고 알불에 고구마를 구워 먹고 약을 털어 넣었다. 약기운에 설핏설핏 잠이 들면 아득히 바다가 들끓고 파도 부서지는 소리가 들렸다. 며칠째 바람이 함석 지붕을 때리고 흙집을 흔들었다. 자주 마당에 나가 빠르게 흘러가는 구름을 보았다. 어느 바람에 김이 자라고 또 바다가 잠잠해지는지 가늠할 수 없었다. 일주일을 두문불출했다.

진눈깨비도 그치고 바람도 자는 날 겨우 몸을 추슬러 웅퉁계로 갔다. 그사이 바람이 일으킨 파도가 김 포자를 몰고 와 말갛던 방구가 검붉은 김으로 뒤덮여 있다. 바다가 물러서자 자갈밭 너른 방구에 김이 비단

결처럼 고운 자태를 드러냈다. 내 키만 한 큰 방구 꼭대기에는 손으로 뜯어도 될 만큼 김이 너풀거렸지만 파도가 방구를 넘어섰다. 반가움에 김이 달린 방구를 핸드폰으로 찍어 부리나케 아지매한테 갔다. '김이 돋았네.' 하시면서 창문을 열고 파도가 허옇게 일어서는 바다를 보더니 김 뜯을 날씨는 아니란다. 이런 날 김 뜯다가는 파도에 휩쓸려 황천길 가기 십상이니 갈바람 불 때까지 기다리자고 한다.

그 누구도 알 수 없는 바다 속내를 원망하며 몇 날 며칠을 웅퉁계 김 방구를 쳐다보며 서성거렸다. 독감 오한보다 기약 없이 기다려야 하는 막막함에 마음이 더 시렸다. 김 맛이라도 보려고 수소문했지만 김을 파는 곳이 없었다. 결국 김 한 올 뜯어 보지 못하고 깔개 두 개를 들고 보름 만에 울릉도를 떠나 왔다.

이름도 고운 긴잎돌김은 내게 곁을 내주지 않았다. 손 뻗으면 있었기에 귀한 줄 몰랐고 바다가 무한정 내줄 줄 알았다. 섬사람도 여행자도 아닌 경계에 머물며 어정쩡 섬에 발을 담그고 있는 내게 바다가 일침을 가한다. 기다리지 못할 거면 함부로 넘보지도 말라고.

태풍이 몰고 오는 대황

맛의 기억은 질기고 단단하다. 얼마 전 울릉도에서 들고 온 대황을 젓갈에 무쳐 현포 친구들을 만나러 팔공산자락 펜션으로 갔다. 저녁 식사 중인 상 위에 대황 무침을 내놓았다. 한우를 집던 젓가락이 일제히 대황으로 몰린다. 오랜만에 먹는 고향 음식에 첫 입은 무작정 맛있다. 그다음부터는 기억 속 대황 맛을 소환해 내가 만든 대황 무침은 뭔가 부족한 맛이 된다. 대황이 질기다, 덜 우린 것 같다 등 온갖 말들이 난무한다. 대황은 초장에 무쳐야 제맛이다로 대동단결한다. 어린 날 섬에서 먹었던 새콤달콤한 대황 초장 무침 맛을 기억하는 몸의 소리다.

맛에 대한 기억은 혀에 있는 것이 아니라 마음에 있다. 삶에 지쳐 유난히 견디기 힘든 날이면 당감 시장을 서성이다 대황과 닮은 곰피를 사곤 했다. 숙이도 자갈밭에 내친 대황을 말려서 소포로 보내 주던 엄마가 편찮으셔서 몇 년 전부터는 곰피를 사 먹는데 맛이 천양지차라고 한다. 우리는 봄날이면 웅퉁계, 추끝에서 낫으로 대황을 베던 엄마 이야기를 한다. 대부분 부모를 여읜 육십을 바라보는 나이, 다시는 엄마가 해 주는 대황 초장 무침을 맛볼 수 없는 우리들은 기억에 매달려 마음을 달래 본다.

대황은 우리나라에서 유일하게 울릉도·독도 바다에서 자라는 바닷말류다. 수심 10미터 이내 바닷속 바위에 붙어 맑은 물속으로 들어오는 햇빛을 받으며 자란다. 다시마과에 속하지만 다시마처럼 부드럽지 않다. 청정한 바닷물을 먹어서 그런지 대황은 성질이 꼿꼿하다. 1년생일 때는 한 줄기지만 2년이 지나면 줄기 끝이 새총처럼 Y자 형태로 갈라진다. Y자 줄기 끝에는 다시마보다는 좁고 대나무 잎보다는 넓은 이파리가 다발로 번식하여 갈빛 숲을 이룬다.

대황은 성게, 전복, 소라의 먹이고 물고기들의 산란처다. 수경을 끼고 바닷속을 들여다보면 대황 숲에서 물고기들이 숨바꼭질을 하고 성게들이 잎을 먹기 위해 가시를 세우고 대황에 매달려 있다. 바다 생물의 먹잇감이 되고도 남은 대황은 겨우내 바다에서 자라 섬사람들의 먹거리가 된다. 비축해 둔 겨울 양식이 동나고 햇보리가 나기 전 '보릿고개'를 이 땅의 부모들은 나물죽으로, 칡뿌리로, 소나무 껍질을 먹으며 생존했다. 그 시절 섬사람들은 대황밥을 먹었다.

태풍이 섬을 흔든다. 바람에 성난 파도가 허연 이빨을 드러내고 일어서고 자빠지기를 거듭하며 바다가 뒤집힌다. 태풍이 바다를 갈아엎고 지나간 고요한 아침, 섬사람들은 집 앞 바닷가로 나간다. 자갈밭은 파도에 모가지가 꺾여 해안가로 떠밀려 온 대황으로 뒤덮였다. 더러는 뿌리째 뽑혀 온 것들도 있다. 어린 것들은 이파리가 찢어져 너덜거리는 반면 물속 바위에 붙어 있을 때는 말할 수 없이 뻣뻣했던 Y자형 대황은 파도와 싸우느라 기운이 빠져 있지만 이파리가 온전하다. 어른들은 태풍에 내친 대황이 물속 방구에서 낫으로 베서 말린 것보다 부드럽고 깊은 맛이 있다고 태풍이 물러가면 만사를 제치고 대황을 주우러 갔다.

바닷가에서 주워 온 대황은 빼세고(뻣뻣하고 거세고) 떫어 생으로는 먹을 수가 없어서 오징어 덕장이나 빨랫줄에 걸어서 말린다. 고동빛 대황은 햇살과 바람에 소금기를 날리고 검은빛이 된다. 나뭇가지처럼 마른 대황을 자루에 담아 창고에 두고 일 년 내내 먹는다. 말린 대황은 가마솥에 푹 삶아 고무 반티(대야)에 담아 자주 물을 갈아 준다. 떫은 맛이 빠지고 대황이 옅은 갈빛으로 변하고 반질거리던 이파리가 손 까스래기(거스러미)처럼 일어나면서 부드러워진다. 대황 이파리를 종종 썰어 가마솥 바닥에 깔고 강냉쌀(옥수수를 맷돌에 갈면 쌀처럼 됨), 보리쌀을 위에 얹어 밥을 짓는다. 대황 덕분에 한 톨의 곡식도 눋지 않고 온전히 밥이 된다. 갓 지은 대황밥은 구수한 맛으로 별 반찬 없이 매이(명이)김치나 묵은지로 실팍한 한 끼가 된다.

우리 집에는 여름 내내 대황이 담긴 바케쓰(양동이)가 새미(샘) 옆에 있었다. 더운 여름 밭일하다 온 엄마는 대황을 건져 몇 번 헹구고는 점심상에 올렸다. 온 식구가 막장(쌈장)에 찍어 밥 한 술을 떴다. 대황을 듬썽듬썽 썰어 된장, 고춧가루, 풋고추, 다진 마늘을 넣고 버무린 된장 무침을 자주 먹었고 고추장, 설탕, 식초를 넣은 초장 무침도 간혹 상 위에 올라왔다. 아버지는 무침보다는 막장에 찍어먹는 대황을 좋아하셨고 엄마는 된장 무침을, 나는 초장 무침을 좋아했다. 입맛 없는 여름날 점심, 엄마는 양푼에 갓 버무린 대황 초장 무침에 식은 감자밥(쌀에 감자를 넣어 지은 밥)을 넣고 풋고추를 뚝뚝 잘라 넣어 쓱쓱 비빈다. 언니 오빠들이 모두 떠나 고요한 집, 숟가락질 소리만 정적을 깬다. 나는 매워서 씩씩거리지만 숟가락을 놓지 않는다.

칠순의 언니는 행복한 추억보다는 고달픈 삶의 기억이 많은 울릉도에 애증이 교차한다. 그 시절 대황을 많이 먹어서 갑상선암에 걸렸다고 투덜거린다. "그럼 울릉도 사람 다 암이게. 우리 식구 중에 제일 대황 적게 먹은 내가 갑상선암인 걸 보면 대황 탓은 아닌 것 같은데."라는 내 말에 언니도 억지가 심했다고 생각하는지 웃는다. 그러고는 다음에 울릉도 가면 대황 좀 얻어 오라는 당부를 잊지 않는다. 섬에서 태어난 운명을 누구 탓으로 돌리지 못하는 그 심성에 대황 탓이라도 하고픈 고단했던 언니의 삶에 가슴이 먹먹하다.

나는 지금도 대황 맛을 어떤 말로도 설명할 수 없어 막막하다. 태풍의 거센 파도가 뿌리 뽑아 육지에 던져도, 사람이 말리고 삶고 우리고 썰어 양념을 해도 혀끝에 착 감기지 않는 꺼슬꺼슬한 식감을 어떤 단어로 표현할 수 있을까. 엄마는 바케쓰에서 우린 대황 한 줄기를 건져 먹으면서 구수하다고 했는데 나는 그 맛을 알 길이 없어 양념 맛으로 먹는다.

초여름 울릉도 바닷가, 방파제를 거닐다 쪽빛 바다 속에서 일렁이는 대황 숲을 만난다. 독도 선착장에서 잠시 걸음을 멈추고 바닷속을 들여다보면 대황 숲이 더 울창하다. 부모님은 떠나고 대황은 여전하다. 새콤달콤한 대황 초장 무침 생각에 입안에 침이 고이고 고향집 대청마루에 앉아 점심을 먹던 부모님 얼굴이 바다에 일렁인다. 내가 대황 맛을 표현할 수 있는 날이 오면 섬을 온전히 알 수 있을까.

쌀보다 흔했던 오징어

2022년 4월, 코로나 팬데믹으로 인한 사회적 거리두기가 2년 만에 전면 해제되었다. 6월의 울릉도는 관광객으로 넘쳐났다. 울릉도가 생긴 이래로 가장 많은 관광객이 찾아왔다. 하루 평균 2천 명 이상이다. 도동항구는 관광객과 그들을 싣기 위한 차가 뒤엉켜 아수라장이다. 여행사 뱃지를 가슴에 부착한 채 밥을 먹기 위해 줄지어 선 사람들을 여기저기서 만난다. 쏟아지는 관광객을 감당하기에는 울릉도 앞바다가 품은 오징어가 턱없이 부족하다. 산나물을 뜯을 일손이 부족하다. 음식은 고유의 맛을 잃었고 비싸기만 하다는 불평이 쏟아진다. 포항에서 오징어를 가지고 와 울릉도 오징어로 둔갑시킨다는 소문이 흉흉했다.

울릉도 특산물인 당일바리(밤새 잡은 오징어) 횟감 오징어 한 마리가 20,000원이다. 10여 년 전까지만 해도 다섯 마리에 10,000원이었다. 그동안 물가상승률과 최근 들어 천정부지로 오르고 있는 기름 값을 보면 비싸다고만 할 수도 없다. 아무리 비싸도 독도 근해 청정지역에서 밤새 잡아 아침에 바로 회로 먹을 수 있는 싱싱한 오징어를 맛볼 수 있는 기간도 5월부터 10월까지다.

한때 울릉도는 오징어가 지천으로 쌀보다 흔했다. 오징어로 만든 회, 전, 볶음, 젓갈, 탕으로 섬사람들의 밥상은 풍성했다. 이 중 다른 어느 고장에서도 맛볼 수 없는 것이 오징어 흰 창자로 끓인 오징어 내장탕이다. '오징어 내장탕'이라고 하니 음식 맛이 살아나지 않는다. 울릉도 사람은 '이까 창대기국'이라 한다.

오징어잡이로 밤을 꼴딱 새운 아버지가 초여름 아침햇살을 받으며 들고 온 흰 창자로 엄마가 국을 끓인다. 마당에 있는 작은 솥에 불을 피우고 물을 붓는다. 물이 끓을 동안 양푼에 호박잎을 치대 풋내를 뺀 후 팔팔 끓는 물에 흰 창자와 호박잎, 숭덩숭덩 썬 호박을 넣고 끓인다. 고추, 파, 마늘, 소금으로 간을 맞추고 평상에 아침상을 차린다. 탱글탱글한 흰 창자의 고소함과 뜨끈한 국물이 온몸으로 퍼지며 아버지 이마엔 어느새 땀방울이 맺힌다. 밤새 파도와 씨름한 아버지의 고단한 일상이 스르르 녹아내리는 순간이다.

오징어 흰 창자는 여름 음식이다. 싱싱할 때 먹어야 한다. 국을 끓이고도 남는 흰 창자를 저장하는 방법은 말리는 것이다. 엄마는 채반에 흰 창자를 얹어 햇볕에 말렸다. 꾸덕꾸덕 마르고 있는 창자를 오가며 주워 먹는 재미도 쏠쏠했다. 완전히 말린 흰 창자는 쇠절구에 찧어 찌개나 국을 끓일 때 양념으로 사용했다. 멸치가 귀했던 울릉도 엄마들의 살림 지혜다.

누런 창자는 비린내가 많이 난다. 엄마와 나는 비린 것을 좋아하지 않지만 아버지는 겨울 한 철을 누런 창자로 만든 음식으로 날 정도로 좋아한다. 누런 창자는 소금 간을 해서 단지에 담아 숙성시킨다. 찬 바람이 불면 잘 숙성된 누런 창자에 된장을 넣고 마늘을 듬뿍 넣어 자작하게 졸여 알배기 배추에 얹어 빡빡장(쌈장)으로 먹는다. 아버지는 숙성된 창자에 무우 시래기를 넣고 끓인 찌개를 좋아했다. 겨울이면 화로에서 누런 창자 찌개가 끓는 소리와 고소하면서도 비릿한 냄새가 온 집안에 진동했다. 숙이 집에서는 무시래기랑 곱게 간 옥수수를 넣어서 죽을 끓여 먹기도 했다. 흰 눈으로 뒤덮인 온 마을이 누런 창자의 노르스름한 냄새로 물드는 저녁이었다. 육지에서는 찾아볼 수 없는 오징어 내장 음식이 울릉도에 있는 것은 오징어가 풍부한 곳에서 살던 사람들의 지혜일까, 아니면 돈이 되는 오징어는 말려서 하나라도 더 팔고 돈이 되지 않는 내장으로 음식을 했을 삶의 방편이었을까.

다른 지역에서는 맛볼 수 없는 희소성 때문에 울릉도 여행객의 입맛을 사로잡은 오징어 내장탕은 울릉도 대표 음식으로 명맥을 이어 가고 있다. 다만 예전에는 먹다 남은 창자는 모두 버려지는 음식물 쓰레기였다면 이제는 돈을 주고도 구하기 힘든 귀하신 몸이 되었다.

울릉도 오징어는 주로 말려서 건조 오징어로 판매하는데 덕장에서 햇볕과 해풍에 자연 건조되기 때문에 다른 지역 오징어보다 맛있다. 우리나라에서 판매되는 오징어가 모두 울릉도 오징어로 둔갑하니 정작 울릉도 오징어는 비싸다는 오명을 뒤집어쓰고 냉대를 받기도 한다. 그래서 울릉도 사람이 고안해 낸 방법이 오징어 탱깃대에 '등록 제467호'라고 번호를 적어 놓는 것이다.

좋은 오징어는 팔고, 작고 볼품없는 것들은 반찬이 되었다. 마른오징어로 엄마가 해 주던 오징어전은 이제 기억 속의 음식이 되었다. 눈이 많이 오는 울릉도 겨울은 유난히도 길다. 그 겨울 마른오징어를 방앗간에서 기계로 눌러 딱딱한 오징어가 폭신폭신해지면 묽은 밀가루 반죽에 퐁당 담갔다가 기름을 넉넉히 두른 팬에 지진다. 그렇게 만들어진 오징어전은 제사상에도 오르는 겨울 간식이었다. 우리 동네 방앗간이 돌아갈 땐 엄마가 오징어를 눌러 소포로 보내곤 했다. 방앗간이 문을 닫으면서 오징어전도 사라졌다. 마른오징어를 물에 불려 무우, 두부를 넣고 고춧가루를 풀어 칼칼하게 끓인 두부찌개도 그리운 음식이다. 오징어 건조 시설이 없던 당시에는 비가 많이 오면 오징어를 버릴 수밖에 없었다. 엄마는 차마 다 버리지 못하고 소금을 뿌려 가마솥에 밥을 지을 때 그릇에 담아 쪄서 상에 올렸다. 콤콤한 냄새가 나는 짭짤한 그 오징어가 유년의 기억 속에 있다.

오랜만에 고향에 온 나에게 싱싱한 오징어 회를 먹이고 싶었던 태하동 친구들이 저녁나절에 연락을 해 왔다. 어서 넘어오라고. 식당을 하는 친구 집에서 가게문을 닫고 살아 펄펄 뛰는 오징어를 썰어 먹었다. 몇십 년 만이다. 두껍게 채 썬 탱글탱글한 오징어를 초고추장에 찍어 입에 넣는다. 저절로 미간에 주름이 잡히고 눈이 좁아진다. 오들오들 씹히는 식감, 단맛이 입안에 퍼진다. 엄마는 생오징어를 늘 무침회로 내놓았다. 부뚜막에서 잘 숙성된 막걸리 식초와 고추장, 도랑 근처에서 금방 뜯어 온 미나리를 넣고 갖은 양념으로 무쳐 낸 새콤달콤한 무침회를 벌겋게 입가에 묻히며 먹었다. 세월 속에 요리법이 변했지만 오징어 맛은 변함없다.

소주 한 잔으로 약간의 비릿함을 잡는다. 친구들과 주고받는 술잔 속에 추억이 담기고 추억 속에서 건져 올린 이야기는 오징어처럼 달큰하다. 초여름밤이 여물어 간다.

강냉이 막걸리

백 년 만에 가장 둥글다는 추석 보름달이 구름 사이로 언뜻언뜻 보인다. 아홉 식구의 식사와 제사상에 올릴 음식 준비로 몸은 피곤하고 마음은 허기진다. 편의점에서 막걸리 한 병을 사서 점퍼 주머니에 넣고 아파트 단지 마당에서 올려다보는 달빛이 흐리다. 백 년, 그것은 숫자에 불과하다. 귀뚜라미가 노래를 부르는 이맘때쯤 밤이면 고향 앞산에 뜨던 어린 시절의 달은 오늘보다 더 둥글고 환하게 온 마을을 비췄다. 마당에 멍석을 깔고 아버지는 아재와 막걸리를 마셨고 나는 친구와 술래잡기를 하며 놀았다. 아버지의 술잔에 달이 출렁거리고 나는 뜀박질할 때마다 달빛에 숨이 찼다. 서울 엄마 병실에도, 고향 아버지 산소에도 달빛이 내리고 있을까.

막걸리 한 잔을 쭈우욱 들이켠다. 시원하고 달달

하다. 한 잔을 더 마시니 배가 벌떡 일어나는 게 저녁 밥을 먹지 않아도 될 것 같다. 군입을 다시지 않았던 아버지는 막걸리만큼은 마다하지 않았다. 그래서 엄마가 부지런히 막걸리를 담그고 내게도 술심부름을 시켰다. 외상 술 받으러 가는 게 부끄러워 떼를 쓰는 날이면 엄마가 만사를 제치고 술도가로 내달렸다. 돈을 떼먹는 것도 아니고 한 번에 몰아주는 게 외상인데 왜 그리 싫어했을까. 시큼털털한 막걸리 한 사발로 위안을 삼았던 아버지의 마음을 이제서야 헤아린다. 막걸리 한 잔에 피곤도 풀리고 마음도 넉넉해진다.

중학교 다닐 때 자주 막걸리 심부름을 했다. 아버지는 동네 아저씨들과 돼지우리를 짓거나 보리타작을 하는 날이면 일찌감치 막걸리 심부름을 시켰다. 봄날 소를 앞세우고 밭을 갈거나 한여름 뙤약볕에서 미역취나물을 삶을 때도 막걸리는 빠지지 않았다. 누런 양은 주전자를 들고 연변 술도가 문을 열고 들어서면 축축한 시멘트 바닥에 검은색 술독이 우람하게 서 있었다. 주인아저씨가 큰 술독에 긴 국자를 넣어 휘휘 막걸리를 저어서 주전자 가득 퍼 담았다. '장부에 달아두라고 하던데요.' 기어들어 가는 소리를 내곤 쏜살같이 나왔다. 술도가에는 외상장부가 장식처럼 매달려 있었고 마을 사람들에게 외상은 일상이었지만 나는 창피했다. 더운 여름날 낑낑거리며 오르막을 오르면 주전자 주둥이로 막걸리가 찔끔찔끔 넘쳤다. 시큼한 냄새가 땀범벅이 된 내 몸까지 스며들었다.

중학생이 술도가를 드나들다니, 요즘 같으면 어림없는 일이지만 그 시절엔 나뿐만 아니라 친구들도, 더 어린 아이들도 술심부름을 했다. 막걸리에 얽힌 이야기를 하자면 날밤을 새울 정도다. 한 친구는 여름날 아침에 막걸리를 받아 오다가 목이 말라 주전자 뚜껑에 부어 한 모금 마셔 보니 시원한 게 갈증이 싹 가시더란다. 그래서 홀짝홀짝 마시며 오다가 너무 졸려 나무 그늘에 잠시 앉아 쉬었는데 점심때가 훌쩍 지나 있었다고 했다. 술 기다리다 목이 빠진 아버지한테 된통 혼난 기억보다 그때 마신 막걸리 맛이 인생 최고였다는 이야기로 우리를 웃겼다.

국민학교 다닐 때는 집에서 막걸리를 담갔다. 윗방에 이불을 뒤집어쓴 단지에서 뽀글뽀글 소리가 나면 신기해서 귀를 기울이곤 했다. 엄마는 술 익는 소리라며 행여 내가 이불을 벗길까 봐 근접을 막았다.

시큼한 냄새가 이불을 헤집고 스멀스멀 방으로 번지면 엄마는 이불을 걷고 단지 뚜껑을 열었다. 비눗방울처럼 동글동글한 물방울이 톡톡 터지며 내는 소리는 마술쇼 같았다. 엄마는 술을 마시지 않고도 소리와 냄새로 술이 잘 익었는지를 알았다.

60년대는 먹을 식량도 부족한 터라 쌀로 술 담그는 것을 막는 금지령까지 내렸지만 울릉도는 원체 쌀이 귀해서 흔한 강냉이로 술을 담갔다. 그마저도 한때는 불법이라 집집마다 밀주 단속을 하러 다녔다. 저만치 조사원들의 모습이 보이면 아버지는 정지 뒷문으로 술독을 들고 나가 대나무밭에 숨기곤 했다고, 큰언니가 어렸을 때 본 광경을 영화의 한 장면처럼 들려주었다.

엄마는 잘 띄운 누룩이 막걸리 맛을 좌우한다고 보리로 공들여 누룩을 만들었다. 아버지와 품앗이 온 아재들이 타작한 보리를 디딜방아로 껍질을 벗겨 맷돌로 갈아 반죽을 해서 발로 꼭꼭 밟아 갓방에 매달아 놓았다. 흙집에 깃든 온도, 습도, 바람이 누룩에 꽃을 피우면 엄마 얼굴도 덩달아 환해졌다.

본격적으로 막걸리를 담근다. 곱게 간 강냉이로

되직하게 죽을 쑤어 식힌다. 식은 죽에다 잘게 부순 누룩을 넣어 버무려 단지에 담아 잘박하게 물을 붓고, 너무 덥지도 춥지도 않은 윗방에 이불을 덮은 후 기다린다. 며칠이 지나면 뽀글뽀글 소리를 내며 발효가 돼서 술이 완성된다.

아버지가 술독을 번쩍 들어 정지에 갖다 놓으면 엄마가 술을 거른다. 박 바가지 가득 술을 퍼서 술체에 부어 샘물을 쳐 가면서 손으로 비빈다. 술은 아래로 빠지고 술체 안에는 술지게미만 남는다. 아버지는 아이처럼 마당을 서성이다 걸러진 술을 한 사발 들이켠다. 꿀떡꿀떡. 이어지는 한마디, '술 맛 조 오 오타.' 아버지 얼굴이 햇살처럼 펴지고 술 한 모금 마시지 않은 엄마 얼굴이 발그스름하다. 정지 입구에 술독이 자리를 잡고 엄마는 초빼이(식초단지)에 막걸리를 담아 부뚜막에 둔다. 가마솥 열기에, 정지를 들락거리며 엄마가 하루에 몇 번씩 흔들어 주기만 하면 막걸리는 식초가 되었다. 막걸리는 고된 노동에 지친 아버지의 심신에 힘을 주고 즐거움을 주는 음식이었다. 엄마는 부지런히 흔들어 잘 익은 막걸리식초로 새콤달콤한 음식을 만들어 일상의 기운을 북돋웠다. 아버지가 잡아

온 오징어를 채 썰어 미나리, 풋고추, 식초, 고추장과 버무린 오징어회무침은 지금 그 어디서도 맛볼 수 없는 음식이다. 미역귀, 대황 무침도 여름날 입맛을 돋운 반찬이다.

내가 어려서 술 단지의 마술인 줄로만 알았던 막걸리는 누룩곰팡이와 강냉이 전분이 만나 일으키는 발효 작용이다. 서로의 존재 속으로 스며들어 맛의 신세계를 창조하는 미생물의 위대함이다. 사람이 할 수 있는 건 미생물이 활발하게 움직일 수 있는 환경을 만들어 주는 것. 엄마는 너무 뜨겁지도 차지도 않은 윗방 구석에 술 단지를 놓고 이불 옷을 입혔다. 몇 날 며칠 술 단지는 식구들과 밥을 먹고 잠을 자며 방문 한지 속으로 스며드는 햇살과 바람결에 익어 갔다. 막걸리는 자연의 숨에 엄마의 품을 얹어 시간이 빚은 음식이다. 그래서 막걸리 맛은 집집마다 다르다.

동네마다 술도가가 생기고 집에서는 막걸리 익는 소리가 사라졌다. 내가 고등학생이 되었을 즈음에는 소주가 대세여서 술도가마저도 문을 닫았다. 들고 다니기 편하고 오래 두어도 맛이 변하지 않으며 무한정 살 수 있는 소주는 막걸리를 밀어냈다. 아버지는 사발로 막걸리를 들이켜던 습성을 버리지 못해 소주도 사발에 부어 마셨다. 술에 휘둘리는 아버지를 보며 엄마는 소주 탓을 했다. '얄궂은 음식이제. 사람 맥을 못 추게 만드네.'

엄마가 담근 막걸리를 마신 적이 없는데도 기억 속에 있는 맛 같아서 가끔 막걸리를 찾는다. 내 기억 속 막걸리를 마시던 아버지의 표정, 몸짓, 말투가 일으키는 연상 작용이다. 방 안 가득 퍼지던 술 냄새가 몸에 밴 탓이다. 섬이 되어 버린 아버지를 춤추게 했던 막걸리가 내 일상을 발효시킨다. 시큼털털한 맛인가 하면 달짝지근하고 텁텁한 것 같으면서도 시원하고 상큼하다.

엿의 철학, 엿의 위로

동네 초등학교 맞은편 상가에 탕후루 가게가 들어왔다. 딸기, 포도, 파인애플, 귤 등 과일꼬치에 설탕시럽을 발라 굳힌 탕후루는 학생뿐만 아니라 MZ세대 인기 간식이다. 매운 마라탕을 먹고 후식으로 탕후루를 먹는 것이 요즘 십대들 사이의 열풍으로, '마라탕후루'라는 신조어까지 생겼다. 언론매체에서는 연일 십대들의 설탕중독 위험에 대해 전문가들이 갑론을박한다. 급기야 탕후루 업체 관계자를 국정감사장으로 불러내는 사태가 벌어졌다. 도대체 탕후루가 얼마나 달기에 온 나라가 난리법석인지 호기심으로 아이들이 바글거리는 가게로 들어간다.

설탕시럽으로 코팅되어 유리구슬처럼 반짝이는 샤인 머스캣 꼬치는 보는 것만으로도 기분이 좋아진다. 아이처럼 길거리에서 한 알을 깨문다. 코팅시럽이 바사삭 부서지면서 입안 가득 몸서리쳐지는 단맛이 폭발한다. 농부가 물, 바람, 햇살을 버무려 정성으로 키운 포도의 단맛이 무색하다.

서양의 설탕이 들어와 대중화되기 전 우리 조상들은 엿을 고아 잔병을 달래고 제사를 지내고 잔칫상을 차렸다. 단것은 야생의 독초로부터 인간의 생명을 지켜 주었고 인류를 번성시킨 에너지 원천이었다. 어린 시절 내게 사탕, 젤리, 과자는 돈 주고 사 먹는 귀한 먹거리였지만 강냉이 엿은 항상 집에 있는 음식이었다. 엄마는 매년 김장을 하듯 겨울이면 엿을 고았다. 화산섬으로 쌀이 소고기보다 귀한 울릉도에서 흔한 강냉이로 만든 엿은 친척은 물론 이웃의 혼례, 잔칫상에 올리는 축복의 음식이었다. 그렇게 엄마는 몇십 년 동안 엿 부조를 했다.

엄마 엿 솜씨는 외할머니로부터 전수 받았다. 외갓집 서달령은 사방이 산으로 둘러싸인 깊은 산골로 땅이 비옥해 밭작물이 잘 되었다. 곳간에는 늘 강냉이, 감자, 누런 호박이 그득했고 한과, 엿, 곶감이 보물처럼 숨겨져 있었다. 외할머니는 넉넉한 강냉이로 엿을 고아 먹고 이웃 동네 주문을 받아 팔기도 했다. 외할머니 엿 솜씨를 안고 서달령에서 현포로 시집 온 엄마는 우리 마을 엿 장인이었다.

엄마는 초여름 타작을 끝낸 보리로 싹을 틔워 질금(엿기름)을 만들었다. 가을날 잘 여문 강냉이를 햇볕에 말려 창고에 주렁주렁 매달아 두었다가 밭일이 끝나는 한겨울에 엿을 고았다. 겨울날 우리 식구들 일거리는 송곳으로 강냉이를 까는 것이었다. 창고에 강냉이 자루가 수북하게 쌓이고 밤새 흰 눈이 집을 에워싸는 한밤중에 엄마가 맷돌로 강냉이를 갈면 나도 한 손 거든다. 내일이면 먹을 엿 생각에 맷돌 돌리기도 힘들지 않다. 엄마는 꼭두새벽에 일어나 일을 시작한다. 굵게 갈린 강냉이를 몇 시간 불린 후 물과 함께 다시 곱게 갈아서 가마솥에 부어 죽을 쑨 후 질금을 넣고 반나절 삭힌다. 건더기가 가라앉고 맑은 물이 생기면 삼베자루에 넣어 주물러 짠 뒤 건더기는 소 먹이로 주고 엿물은 가마솥에 붓고 달인다. 이때 불이 너무 세면 엿물이 넘치기 때문에 아궁이에 장작을 넣고 빼면서 은근히 달인다.

'엄마, 엿은 언제 먹는데.' 하루 종일 단내 진동하는 정지를 들락거렸다. 흰 눈으로 뒤덮인 산천에 어둠이 내려앉아도 굴뚝에 연기는 지칠 줄 몰랐다. 저녁상을 물리고도 아궁이 장작은 타닥거리고 달구어진 구들의 열기에 장판은 시커멓게 우그러들었다. 그 뜨거운 아랫목에 이불 한 자락을 깔고 달큰한 냄새를 맡으며 발갛게 졸고 있노라면 엄마 목소리가 들린다. '자야, 나와 봐라.' 눈을 비비고 나가면 솜 눈이 유리창에 붙어 한 치 앞도 보이지 않는 깊은 밤이다.

'입천장 델라, 조심해라.'라며 북덕북덕 큰 거품을 만들고 있는 조청을 주걱으로 떠서 그릇에 담아 건넨다. 엄마는 흐릿한 알전구 아래 부뚜막에 한 다리를 걸치고 긴 주걱으로 연신 엿을 젓는다. 수시로 찬물에 띄워 농도를 맞춘다. 그릇의 조청을 핥고 있노라면 엄마가 내 키만 한 나무 주걱을 건넨다. 엿이 눌어붙지 않도록 계속 젓는다. 엄마는 단지에 강정을 만들 조청을 담고 좀 더 되직하게 고아진 엿은 너른 양푼에 밀가루를 깔고 담아서 마루에 둔다. 냉기에 검붉으면서도 누런빛을 머금은, 유리알처럼 반질거리는 갱엿이 된다.

가락엿을 만들 차례다. 검붉은 엿 덩어리를 들고 안방으로 간다. 먼저 힘을 쓰기 위해 엄마와 두 다리를 적당히 벌려 서로의 발바닥을 붙인다. 손에 든 엿 덩어리를 잡고 서로 주고받으며 길게 늘이는 일을 반복한다. 엿이 품은 열기에 손이 데일 정도지만 엄마는 아랑곳하지 않는다. 나는 뜨거워 연신 밀가루를 손에 묻힌다. 검붉은 엿 덩어리가 엄마 손과 내 손을 오가며 공기를 품어 구멍이 생기고 뽀얀 색으로 변하면서 표면에 우둘투둘 줄이 생긴다. 밀가루를 뿌린 비닐 위에 뽀얀 엿가락을 길게 늘어놓고 한 뼘 정도 크기로 자르면 가락엿이 된다. 방문을 열어 찬 공기를 넣어 엿가락이 가슬가슬해지면 엄마는 가락엿 하나를 툭 부러뜨려 본다. 구멍이 많을수록 잘된 엿으로 먹을 때 이에 달라붙지 않는다. 엄마는 빛깔, 모양, 표면, 굵기 등으로 손님용과 식구들이 먹을 것을 구분하여 담아서 갓방으로 옮겼다.

엄마의 노동과 정성으로 만들어진 엿은 춥고 긴 겨울 우리 형제를 달달하게 만들었다. 눈밭을 걸어 우리 집에 놀러 오던 동네 아지매, 친척, 친구들의 한나절을 풍성하게 했다. 강냉이 엿은 엄마가 자식에게 베푸는 사랑이었고 이웃을 향한 환대였다.

병원도 약국도 없는 고립무원의 섬에서 여자들은

엿을 고아 상비약으로 식구들을 돌보고 이웃과 나누었다. 강냉이와 질금으로 만든 엿물에 후박나무 껍질 우린 물을 넣어 만든 후박엿으로 위장병과 천식을 다스렸고 누런 호박을 삶아 넣은 호박엿으로 원기를 북돋웠다. 강냉이엿, 후박엿, 호박엿을 고던 할머니, 엄마 대를 이어 마을에는 엿 공장이 들어섰다. 맷돌, 가마솥, 장작 대신 기계로 만든 호박엿은 사시사철 먹을 수 있는 음식이 되어 바다를 건너온 여행객의 피로를 풀어 준다.

엄마로 아내로 직장인으로 살아 내는 나의 일상은 고달팠다. 엄마 배 속에서부터 엿을 먹은 나는 뼛속까지 달달한 맛이 새겨져 있는지 마음이 서러운 날이면 엿을 사 먹었다. 한 뼘 길이의 낱개 포장된 엿가락을 버릇대로 툭 분질러 구멍이 몇 개인지를 확인한다. '엄마 솜씨에는 못 미치네.'라는 말이 툭 튀어나온다. 혀끝에 와 닿는 은은한 엿의 단맛은 동동거리며 보낸 하루의 고단함을 녹여 준다. 직장 생활도 자식 키우기도 버거워 숨이 턱까지 차오를 때면 천천히 엿을 녹여 먹으며 나를 달랬다. 강냉이 알갱이들이 긴 기다림 끝에 조청으로 엿으로 내게 왔음을 상기했다. 은은하면서도 깊고 부드러운 엿을 만들기 위해 아궁이 앞을 지키던 엄마의 굽은 등을 떠올렸다.

돌이켜 보면 먹고살기 위해 부산까지 왔다. 직장은 사람을 한없이 작고 초라하게 만들었다. 홀로 좌충우돌하다 보면 출구가 보이지 않는 터널에 갇힌 것처럼 두렵고 막막했다. 손잡을 인연 하나 없는 객지에서 나는 엿을 물고 도시의 골목을 걸었고 산등성이를 올랐다. 단물이 밀어 낸 울분의 땀방울을 닦으며 깜깜한 터널을 더듬어 방향을 감지할 수 있었다.

스캇 펙의 말대로 "삶이란 문제의 연속이다." 갈수록 경쟁과 차별은 심해지고 생존은 위험하다. 사탕, 아이스크림, 초콜릿 등 나열할 수 없을 정도로 넘쳐나는 단것들이 문제를 해결해 주지는 않는다. 다만 일상의 근심 걱정과 긴장 해소에는 도움이 된다. 잠시나마 울적하고 쓸쓸한 마음을 내려놓을 수 있다면 그것으로 충분하다. 쓰디쓴 세상살이에 한 줌 햇살 같은 달달한 것들이 없다면 삶은 너무 시리다.

탕후루를 깨물며 건널목을 건너오는 아이들을 본다. 단맛이 스며든 얼굴이 환하다. 장마철 날씨만큼이나 음식유행도 변화무쌍하다. 다음에는 어떤 단 음식이 아이들을 설레게 하고 내 호기심을 불러일으킬지 궁금하다. 하지만 엿에 대한 내 마음은 일편단심이다. 평상시에는 주변 상가에서 쉽게 볼 수 없는 엿이 입시철이라 제과점, 편의점, 마트에 쌓여 있다. 골라 먹는 재미에 일상이 달달하다.

비탈밭에 서다

오 년 만이다. 아버지 산소 앞에 호박 막걸리를 따르고 절을 올린다. 봉분 주변에 술을 뿌리고 앉아서 남은 막걸리 한 잔을 마신다. 저 멀리 바다가 한눈에 들어오고 대풍령 끝자락이 보인다. 이천 평이 넘는 비탈밭 가운데 그나마 양지바르고 평지인 이곳에 아버지를 모신 엄마 마음을 알 것 같다.

햇살이 따가워 나무그늘을 찾아 아버지 산소 옆에 있는 큰 방구(바위) 위에 올라갔다. 큰 방구 오른쪽 허리를 휘감은 나무는 어느새 중년이 되어 널찍한 그늘을 만들었다. 담쟁이넝쿨을 요 삼아 등을 대고 다리를 뻗고 누웠다. 하늘엔 구름이 흘러가고 비탈밭을 둘러싼 육천 평 산에서 소나무들이 시원한 바람을 쏟아 낸다. 아버지의 보물이었던 소나무 숲이다. 철철이 소나무를 솎아 집을 짓고, 배를 짓고, 땔감으로 썼다. 아버지의 손길이 멈춘 지 몇십 년, 여전히 푸른 기운을 간직하고 있다. 몸을 돌려 턱을 괴고 엎드린다. 한때는 강냉이, 감자, 보리, 콩을 품어 우리 가족을 먹여 살렸던 옥토가 묵정밭이 되었다. 휘익, 바람이 분다. 잡초들이 일제히 눕는다. 울릉도 바람의 위세는 여전하다. 저만치 강냉이 몇 그루 짙푸른 이파리가 출렁인다.

사십여 년 전 강냉이 꽃이 피던 이맘때쯤이었다. 이 비탈밭에서 엄마와 하지감자를 캤다. 엄마는 손에 호미를 쥐여 주며, 감자를 찍지 말라는 당부를 연신 하곤 먼저 감자 고랑에 앉았다. 엄마 옆 고랑에 앉아 감자에 상처를 내지 않기 위해 감자줄기에서 한 뼘 정도 떨어진 자리부터 호미로 살살 파 들어갔다. 누르스름한 감자가 등을 보이면 손으로 흙을 헤집고 덩이줄기에 옹기종기 모여 있는 감자를 끄집어냈다. 감자줄기가 싱싱한 것은 쭉 뽑으면 감자가 조롱조롱 달려 나왔다. 순식간에 대나무 소쿠리가 한가득 찼다. 내가 할 수 있는 최대한도는 한 소쿠리였다. 다리는 저리고, 따가운 햇볕과 땅이 뿜어 내는 열기에 호미를 던지면 엄마는 큰 방구 위에 가서 놀고 있으라고 했다. 한나절이 지나 엄마는 내 키보다 큰 감자자루를 이고 나는 소쿠리를 옆에 끼고 집으로 왔다.

금방 캔 감자를 우물에서 씻어 아버지까지 합세해 세 명이 후다닥 깎는다. 엄마는 마당가에 걸려 있는 작은 솥에다 감자를 앉히고 장작불로 삶는다. 솥뚜껑을 열고 젓가락이 쏙 들어가면 불을 끄고 뜸을 들인다. 다 익은 감자를 양푼에 꺼내 으깬 사카린 가루를 뿌려 까불면 포슬포슬 분이 피었다. 한 개를 집어 후우 불어 입에 넣으면 폭신하면서도 달큰한 감자분이 먼저 혀를 감았다. 입안 가득 퍼지는 열기에 하아악 김을 한 번 토하면 팍신팍신한 감자 맛에 온몸이 녹았다.

엄마가 만든 감자요리 최고봉은 감자떡이다. 감자떡 하는 날은 왁자지껄 잔칫집 같았다. 감자를 강판에 갈아 자루에 넣어 짠 건더기와 자루에서 흘러내린 물을 가라앉히면 생기는 하얀 녹말을 합쳐 반죽을 한다. 이 반죽에 소금과 사카린을 넣어서 간을 맞추고 붉은 호콩을 넣어 버무려 둔다. 김이 술술 나는 가마솥에 채반을 넣고 삼베 보자기를 깔고 그 위에 감자 반죽을 펼친다. 다시 뚜껑을 닫고 시커먼 가마솥 뚜껑에서 눈물이 뚝뚝 떨어지면 아궁이 장작불을 뺀다. 잠시 뜸을

들이고 솥뚜껑을 열면 반지르르 윤기가 나는 떡이 명경처럼 반짝거렸다. 엄마는 숟가락 자루로 가로세로 줄을 그어 네모로 떡을 자른 후 양푼에 들어냈다. 동네 아지매들이 속속 도착하고 대청마루에 오이냉국과 함께 떡 상이 차려졌다. 술술 김이 나는 감자떡을 후우 불어 한입 베어 물면 그 부드럽고도 쫀득한 찰진 맛에 할 말을 잊었다. 물리지 않는 맛이었다. 배는 부른데 입은 달아 자꾸만 손이 갔다.

"막내야! 어딨노?"

"오빠! 큰 방구, 내려가요."

"거기는 뭣 하러 올라갔노."

햇빛에 부풀어 오른 막걸리 병을 들고 허리춤까지 올라오는 잡초를 헤치며 비탈밭을 내려온다. 저만치 언뜻언뜻 보랏빛, 흰빛 도라지꽃이 환하다. 엄마가 도라지가 잘된다며 늘 심던 그 자리다. 다리가 휘청거린다. 칠월에는 하지감자를 쪄 서울 요양병원에 있는 엄마에게 가야겠다. 울릉도가 어딘지, 내가 누군지는 몰라도 감자 맛은 기억할 것만 같다.

나물과 생명줄

뭐 먹고 싶은데. 나물반찬이면 돼요. 추석에 내려온다는 작은딸과 통화를 끝내고 묵나물을 챙긴다. 지난 봄 고향집에서 갖고 온 고비와 미역취를 물에 담근다. 불려서 삶고 우려서 볶아 먹기까지 손이 많이 가기에 서두른다. 어려서부터 철철이 울릉도 외할머니가 보낸 나물을 먹어서 그런지 요즘 아이답지 않게 나물이 먹고 싶다는 딸이 기특하다.

나도 그렇다. 엄마가 차린 나물밥상이 늘 그립다. 맛의 기억을 떠올리며 정성을 다하지만 엄마 손맛에는 미치지 못한다. 추석 연휴에나 고향집에 오는 딸을 위해 엄마는 '촌에 나물반찬밖에 없다'며 봄에 말려 둔 묵나물로 밥상을 차렸다. 미역취, 부지깽이, 고비나물, 삼나물을 볶고 무치고 국을 끓였다. 세상 어느 산해진미보다 맛있다. 배가 아프도록 먹었는데도 엄마는 더 먹으라고 자꾸 권한다.

'아무래도 복호 나물 맛보다는 못하제. 그래도 부드러울 때 뜯은 거라 질기지는 않다.' 엄마는 젊은 시절 두메산골 복호서 뜯어 먹었던 산나물 맛을 아직도 기억하고 있다. 그때는 내가 어려서 나물 맛을 잘 몰랐고 철들어서는 우리 집 밭 나물만 먹었기 때문에 구분이 되지 않는다. 다만 육지 하우스 속에서 자란 나물이랑 울릉도 바람, 햇살, 눈비 맞으며 자란 나물 맛은 구분한다.

평생을 나물과 더불어 살아온 엄마는 나물박사다. 같은 산나물일지라도 깊은 곳과 얕은 곳은 맛이 다르다고 한다. 맛 차이뿐만 아니라 철철이 어느 골짝, 구릉에 무슨 나물이 나는지 환히 꿰고 있다. 육지 자식들이 맛난 음식이라고 사 드리면 육고기는 누린내가 나서, 생선은 비리다며 나물반찬을 찾는다. 평생 먹은 나물이 그리도 맛있느냐고 속상한 티를 내는 자식들에게 엄마 대답은 한결같다. '밥이 물리는 것 봤나. 나물도 매한가지제.' 엄마가 아무리 먹어도 지겹지도 물리지도 않는 나물은 한때 섬사람들의 주린 배를 채우는 양식이었다. 그중에서도 명이는 울릉도 사람들의 생명줄이었다.

탐관오리도 노역도 세금도 없는 유토피아, 바다와 산이 내주는 먹거리가 넘쳐나는 풍요의 땅을 찾아 뭍의 가난한 농민들은 울릉도로 왔다. 하지만 섬은 이상향이 아니었다. 허리 펴고 설 수 없는 산악지대에다 폭설과 바람과 들끓는 쥐로 양식은 늘 부족했다. 이른 봄, 허기진 배를 안고 눈 덮인 산속을 누비다 양지바른 곳에 고개를 내민 새순을 발견했다. 뿔 모양의 새순은 달큰하면서도 매웠다. 속이 쓰리도록 매운 맛을 없애기 위해 데쳐 먹었다. 사람들은 새순부터 줄기와 너른 이파리로 쑥쑥 자란 명이를 햇보리 거둘 때까지 먹으며 굶주린 목숨을 연명했다. 누군가는 매운맛이 난다고 매이라고, 누군가는 생명(生命)을 이어 준 나물이라고 명이라고 부른다. 내 경험에 의하면 울릉도 주민은 '매이'라고 부르고 울릉도에서 태어났으나 육지에서 오래 산 사람들은 '명이', 육지 사람들은 '산마늘'이라고 부른다. 우리 식구, 일가친척, 친구들은 매이라고 불렀고 지금도 나는 매이라고 해야만 그 추억의 맛이 살아난다.

『채소의 인문학』에서는 삼국유사에 나오는 단군

신화 속 곰이 100일간 먹은 마늘이 "달래나 명이나물"일 것이라고 추측한다. 곰이 생마늘을 100일간 먹기도 어렵고 마늘이 우리나라에 들어온 시기와 맞지 않다는 게 저자의 추론이다. 매이는 독성이 없고 단맛이 많으며 다른 나물에 비해 먹을 수 있는 기간이 길다. 게다가 알리신, 비타민이 풍부해 면역력을 길러 주고 항균 작용이 뛰어나다고 하니 웅녀 설화가 사실처럼 와닿는다. 울릉도에서 평생을 사신 어르신들은 매이에 대한 자부심이 대단해서 육지 산마늘과 매이를 같은 취급하는 것을 못마땅하게 여겼다.

단군신화의 여신 웅녀가 매이를 날것으로 먹었다면 울릉도 사람들은 묵나물이 안 되는 매이를 삶고 끓이고 소금에 절여서 먹었다. 이른 봄에 뜯은 뾜 매이는 소금에 절여 단지에 보관했다가 여름날 꽁치젓갈에 무쳐 먹으면 더위에 잃은 입맛이 돌아왔다. 뾜 매이가 자라 잎이 나풀거리면 잎만 뜯어 끓는 물에 살짝 데쳐서 쌈을 싸 먹거나 젓갈로 김치를 담갔다. 줄기가 손가락 마디 정도로 굵어져 대매이가 되면 큰 가마솥에 대매이 줄기를 썰어서 강냉이 가루, 양대 콩을 넣고 물을 넉넉히 부어 끓인다. 그럼 강냉이 가루랑 어우러져 걸쭉한 범벅이 된다. 매이 줄기 자체의 단맛이 녹아나 달짝지근한데 사카린 몇 알을 넣으면 입에 차악 감긴다. 매이범벅과 찰떡궁합은 매이 물김치다. 물에다 소금, 사카린을 넣고 쫑쫑 썬 줄기를 넣어 간을 맞춰 며칠 두면 새콤달콤 숙성된 물김치가 된다. 대매이 줄기를 채반에 쪄서 콩가루를 술술 뿌려 먹는 매이털털이도 별미였다. 2월부터 섬사람들의 먹거리가 된 매이는 5월이면 하얀 꽃을 피우고 새까만 씨를 맺어 다시 땅속으로 스며들어 다음 해를 기약한다.

봄이면 성인봉 자락 골골이 전호, 명이, 고비, 부지깽이, 미역취, 깨치미, 곤데서리, 삼나물, 모시딱지가 춤을 췄다. 엄마는 마을 아지매들과 함께 삼베보자기에 주먹밥을 말아 허리에 차고 복호로 나물을 하러 다녔다. 고비는 귀한 나물이어서 팔지 않고 제사, 생일, 잔칫상에만 올렸다. 고기 맛이 나는 삼나물은 소고기국의 주인공이었다. 대부분 나물은 먹기 위해 뜯었지만 그 시절 돈이 되는 나물은 미역취였다.

미역취는 성인봉, 초봉산, 미륵산, 알봉, 복호의 깊고 울창한 산속에서 맑은 물을 먹고 청정한 바람을 맞으며 자랐다. 섬 여자들은 새벽밥을 먹고 두서너 시간씩 걸리는 산속으로 미역취를 뜯으러 다녔다. 산의 정기를 품은 미역취는 이슬 향이 난다. 연둣빛 줄기와 청록 잎은 기품이 있다. 뜨거운 물에 데쳐 말려도 빛깔만 거무스름해지지 줄기는 여전히 깊은 맛을 간직하고 있다. 그래서일까. 미역취는 판매가 잘되는 나물이었다. 봄 끝자락부터 여름이 제철인 미역취를 하러 다니면서 밭일, 집안일까지 하느라 마을 여자들은 몸이 열 개라도 모자랐다. 오죽했으면 미역취를 골병초라고 했을까. 나물 상인들이 집집마다 다니며 말린 미역취 나물을 저울로 달아 차에 실었다. 손에 침을 묻혀 가며 현찰을 헤아리는 엄마 얼굴이 환해지고 굽은 등이 펴졌다.

80년대 초반 산나물은 뿌리로 씨앗으로 밭에 정착했다. 울릉도가 농업에서 어업을 거쳐 관광업이 중심이 되면서 나물 소비도 증가했다. 팔구십 부모님 세대 강냉이, 감자밭은 오륙십 자식들의 부지깽이와 미역취, 고비, 삼나물 밭이 되었다. 코로나19 팬데믹으로 해외여행이 어려웠던 지난 2022년, 울릉도에는 40여만 명이 넘는 관광객이 다녀갔다. 섬 역사에 가장 많은 방문객이었다. 식당마다 비축해 둔 나물이 동이

났다. 어디서도 나물을 살 수 없었다. 밭에서는 나물이 물결처럼 출렁거렸지만 몇 달 동안 나물을 하느라 체력이 바닥난 오륙십 대들은 억만금을 준다고 해도 나물 뜯을 기력이 없었다.

김치로 쌈으로 범벅으로 떡으로 다양하게 즐겼던 매이는 장아찌로 획일화되고 있다. 나이 든 농부들은 손이 많이 가는 묵나물을 하기에는 힘이 부친다. 섬사람들을 먹여 살린 그 많던 나물들이 이름 없는 풀이 되어 우리 밥상에서 사라지고 있다. 섬이 미각을 잃어 간다. 나물 농사를 지을 젊은 농부가 없는 섬은 위태롭다. 화산 토양에서 바닷바람이 키워 섬 기운이 깃든 나물은 사람을 살리는 음식이다. 나물이 없는 밥상은 울릉도 맛이 아니다. 아득한 옛날 선조들의 주린 배를 채웠던 나물은 여전히 울릉도의 생명줄이다.